레알 남미

Real Sudamerica

이미혜 글 · 사진

책만드는집

울트라메니아, 여행을 떠나다

어느 날, 잘 다니던 회사에 사표를 내고 배낭을 꾸리는 사람들의 이야기는 이미 식상하다. 그럼에도 불구하고 끊임없이 떠나대는 것은, 철분이 부족한 아이가 놀이터에서 그네는 안 타고 흙을 파먹는 것처럼 삶에 필요한 일정량의 자유가 나도 모르게 고프기 때문이다.

자유가 결핍되었구나, 느껴졌을 때 불현듯 떠나면 되는 것이라고 생각한다. 오래 고민하는 사람이 늘 최고의 선택을 하는 것은 아니니까.

가장 친한 세 친구의 배웅을 받으며 대한민국을 떠난 그날은 정확하게 나의 스물아홉 번째 생일이었고, 그 여행은 나 스스로에게 내가 준 첫 번째 생일 선물이었다.

카미노 데 산티아고를 시작으로 유럽을 거쳐 터키와 이집트까지 절반의 여행을 마치고, 나에게 아직은 미지의 땅인 남미 대륙으로 향하려는 참이다.

비행기에 오를 때까지도 밖은 어두컴컴하다. 비까지 오고 있어서 날씨는 더욱 쌀쌀했고, 별다른 안내 없이 비행기는 1시간 반이나 출발을 미루고 있었다. 출발하길 기다리며 잠이 든 까닭에 원래는 비행기 뜨면 잠이 드는데 이번엔 비행기 뜨면서 잠이 깼다.

아침 8시, 브뤼셀발 바라데로행 비행기가 드디어 떴다.

시간을 거슬러 무려 10시간 만에야 못생긴 물고기처럼 생긴 쿠바 땅을 밟을 수 있었다. 로컬 타임 낮 12시를 알리는 기내 방송에 따라 손가락을 꼽아보니 나의 오늘 하루는 무려 30시간. 하루가 48시간이면 좋겠다고 말하는 사람들은 실제로 그렇게 되면 하루가 무척 피곤하다는 것을 반나절인 24시간 만에 알 수 있을 것이다.

비행기를 타고 지구 자전 방향 반대로 조금 되돌아왔으니 나는 조금 젊어졌고, 나의 여행은 딱 그만큼 길어졌다.

지금까지 거쳐온 여타 국가에 비해 쿠바의 입국 심사대는 삼엄하게 느껴진다.

"안경 벗고 똑바로 서서 눈앞의 카메라를 쳐다보시옷!"

사무적인 입국 심사대 아가씨에게 어떠한 문제도 일으키지 않을 여행자라는 티를 내느라, 긴장한 가운데에서도 씨익 웃어주는 여유를 잊지 않는다. 투어리스트 카드와 여권을 내밀자 유심히 쳐다보더니 얼마나 있을 거냐고 묻는다. 열흘이라고 대답한다.

"너 어디로 떠날 거니?"

"아…… 페루!"

"페루?"

내 여권을 이리저리 살피더니, 콧등을 찡그리며 다시 묻는다.

"고향이 페루라고?"

"뭐? 내 고향은 한국이지!"

'Where do you live?'였구나. 난 어디로 떠나느냐는 줄 알고…….

지금이야 'live'를 듣고 '떠나다'라는 뜻의 'leave'를 떠올려 어디로 갈 것인지를 밝힌 것은 사실 대단히 자연스러운 한국식 영어라고 우겨보지만, 그때 상황은 사는 곳을 속인 동양 여자가 그대로 쿠바 감옥에 잡혀간다고 해도 전혀 이상하지 않은 분위기였다. 대답 한번 잘못했다가 입국 심사대 바깥으로 불려 나와 질문 집중포화를 받았으니 말이다.

어디서 왔니, 어디로 가니, 학생이니, 전공이 뭐니, 얼마나 여행하니, 어디어디 거쳐 왔니, 왜 이렇게 오래 여행하니, 돈은 어디서 났니.

야야야, 니네 나라에서 불법체류하고 싶은 생각 눈곱만큼도 없거든?!

쿠바

페루

볼리비아

아르헨티나

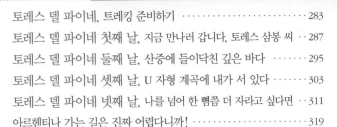

칠레

다시 아르헨티나

쿠바

CUBA

쿠바 하면 떠오르는 색색깔 페인트칠이 발랄한 그곳이 바로 트리니다드다. 이 나라는 어쩌다가 이렇게 비비드한 삶을 살게

되었을까. 분홍색 벽과 새파란 창틀, 노란색 문에 녹색 기둥, 어느 집 하나 똑같은 색감이 없다. 이런 색은 지금까지도 본 적

이 없고, 앞으로도 볼 일이 없을 것 같아! 하는 색깔까지도 그들은 사용했다. 그들의 집마저도 아무나 가지 않는 길을 간다.

그들이 사는 세상처럼.

트리니다드,
비로 이곳이 진정한 쿠바

　　　　　　　　　방을 안내해주며 다음 날 아침은 몇 시에 먹겠느냐고 하기에 별생각 없이 8시쯤 먹겠다고 했는데 정확하게 8시에 카사의 안주인이 방문을 똑똑 두드린다.

옥상으로 올라가는 나선형 철제 계단이 있는 파티오에 빨간 식탁보가 반듯하게 깔린 식탁이 있고, 그 위엔 빵과 각종 잼, 꿀, 100% 생과일주스와 신선한 과일, 그리고 진한 커피와 따뜻한 우유가 준비되어 있었다. 이렇게 풍요로운 아침이 도대체 얼마 만이란 말인가.

이런 곳에 앉아 잘 차려진 식사를 느긋하게 즐기자니 한국에 가면 당장 시골에 집 하나를 사서 민박집을 차리고 여행객들에게 쿠바식 아침을 대접하고 싶어진다. 그런 날이 온다면, 꼭! 끼룩끼룩 소리를 내며 잽싸게 벽을 타고 움직이는 노랗고 파란 쿠바산 도마뱀도 몇 마리 풀어놔야지.

든든하게 배를 채우고 숙소를 나서는데, 어머! 담벼락이 그대로 시장이다. 머리통이 깨진 대머리 인형을 팔던 프랑스 방브의 벼룩시장 이후로 이렇게 아무거나 내다 파는 시장은 처음이다. 녹이 슬어버린 못, 피복이 벗겨진 전선, 흠이 있는 단추, 얼룩이 있는 머리띠.

과연 사는 사람이 있나 싶다. 돈 대신 조개껍데기나 내가 갖고 있는
물건에서 무엇이든 줘도 될 것만 같은 민망한 담벼락 시장을 지나면
꽤 멀쩡한 시장 골목도 찾을 수 있다. 아이 옷에서부터 어른 옷, 테
이블보, 커튼에 이르는 다양한 손뜨개와 레이스, 깡통으로 만든 카
메라나 인형, 꽤 고급스러워 보이는 가죽 신발, 체 게바라의 얼굴이
그려진 티셔츠 등등을 판다.
　미국의 금수조치 때문인지 시장에 나와 있는 대부분의 물건들은

수제품이다. '금수조치가 쿠바를 핸드메이드 강국으로 만든 것은 아닐까?' 하는 생각을 하며 골목골목을 쏘다닌다. 물건 구경도 재미있지만 사실 시장 구경의 백미는 군것질이 아닌가! 킁킁거리며 맛있는 냄새를 따라간 곳은 간판 대신 벽에 커다란 피자가 그려져 있는 피자 가게다. 얼굴만 한 케소피자 Queso Pizza, 치즈피자 하나와 오렌지 주스 한 잔을 이른 점심 삼아 먹고 나니 흐뭇하다.

이곳은 한 끼를 300원으로 해결할 수 있는 곳이야!

오렌지 주스는 비록 100% 가루 주스로 정말 불량한 맛이 나지만 더운 날 몇 잔을 연거푸 원샷해도 물보다 싼 까닭에, 많이 먹으면 죽을 수도 있다는 무시무시한 경고 정도는 무시. 이 더운 나라에서 내 몸에 수분과 미네랄, 비타민까지 제공해주니 그 어떤 이온음료도 부럽지 않다.

시장 구경도 했고, 점심도 먹었으니 이제 다리를 좀 쉬게 해야 할 것 같다. 날이 더운 것도 더운 거지만 에어컨의 사정권에서만 벗어나면 온몸을 랩으로 둘러싸는 듯한 섬나라 쿠바의 초고도 습도는 정말이지 지친다, 지쳐.

잘 부쳐낸 계란 지단 같은 노란색과 에메랄드 녹색이 찰떡궁합으로 어울리는 산프란시스코 성당 앞 공터 벤치를 하나 꿰차고 앉았다.

쿠바에서 가장 훌륭한 장소는 그늘이다. 그 그늘진 공터에서 〈CSI 마이애미〉의 에릭을 꼭 빼닮은 숫돌이가 친구들과 축구를 하고 있었던 깃은 벤치에 앉고 나서야 알아차린 사실이다! 유럽의 원팩 살탱이들과는 질적으로 다른 다부진 잔근육 몸매의 소유자이신 소년님을 해가 지도록 지켜본 것을 부정할 순 없지만 마침 그가 거기 있었을 뿐이지 내가 일부러 찾아간 것은 절대로 아니다.

저녁은 묵고 있는 카사에서 먹기로 했다. 호텔 셰프 출신의 카사 주인 에밀리오 아저씨가 전문가다운 솜씨를 유감없이 발휘한 오늘의 저녁 메뉴는 일생 이렇게 큰 갑각류를 온전히 내 몫으로 먹어본 적이 있던가 싶은 팔뚝만 한 랍스터.

한국의 꽤 비싼 해산물 전문 레스토랑에서도 이렇게 오동통하고 쫄깃한 살이 씹히는 랍스터를 통째로 먹어본 적이 없다. 감동의 눈물을 주룩주룩 흘리며 랍스터 살을 파내는 모양새는 좀 빠졌겠지만, 맛있는 것을 정말 맛있게 먹어주는 것도 요리사에 대한 예의라고 생각한다.

즐거운 식사가 되었길 바란다며 에밀리오 아저씨가 격식을 갖춰 따라준 진한 에스프레소에 오랜만에 보는 백설탕을 잔뜩 넣어 마시고 나니 인생 뭐 있나 싶다. 이런 게 행복이지.

이런 최고의 만찬과 함께라면 호두알만 한 다이아가 박힌 반지가 아니라 100원 넣고 뽑은 플라스틱 반지를 건넨다고 해도 내가 그 프러포즈를 받아들일 테다!

쿠바 하면 떠오르는 색색깔 페인트칠이 발랄한 그곳이 바로 트리

니다드다. 이 나라는 어쩌다가 이렇게 비비드한 삶을 살게 되었을까.
분홍색 벽과 새파란 창틀, 노란색 문에 녹색 기둥, 어느 집 하나 똑
같은 색감이 없다. 이런 색은 지금까지도 본 적이 없고, 앞으로도 볼
일이 없을 것 같아! 하는 색깔까지도 그들은 사용했다. 그들의 집마
저도 아무나 가지 않는 길을 간다. 그들이 사는 세상처럼.

　트리니다드에는 작은 블록 장난감 같은 집과 토기 화분을 딱풀
로 철썩 붙여놓은 듯한 에콜로지한 담벼락이 있고, 60년대 할리우
드 영화 속에서 방금 튀어나온 듯한 낡은 자동차가 실제로 굴러다니
며, 건물과 건물 사이에 빨래가 만국기처럼 걸린 풍경이 있다. '이곳
은 진정 내가 사는 곳과 다른 곳이구나' 내게 처음으로 이국을 느끼

아무리 ~~~게나 돌아다녀도
어느새 발길이 닿는 곳.
낡은 교회의 오래된 풍경.

게 해준 곳, 트리니다드.

　쿠바의 골목을 누비다 보면 벽의 일부를 헐어냈다고 해도 무방할 정도의 큰 창이 흥미롭다. 꽁꽁 싸매어져 있을 것 같고, 쉬쉬하며 살 것 같고, 창문마저 조심스러울 것만 같은 그 체제가 가진 편견이 여지없이 무너진다.

　얼핏 보면 그 안에 갇힌 사람들 같지만 그들과 눈을 마주치고 대

22

화를 나누어보면 사실은 그 안에서 누구보다 자유롭게 퍼져 있는 그들의 일상을 만날 수 있다. "어디서 왔니?"로 시작하는 호구조사 끝엔 항상 "너 정말 예쁘다"라는 말을 잊지 않는 사람들. 덕분에 '내가 정말 예쁜가?' 남몰래 미소 지을 수 있는 착각을 하게 만드는 친절한 사람들. 띄엄띄엄 88 서울올림픽과 판문점을 이야기하는 사람들. 말하기를 너무나 좋아하는 쿠바노들의 외국인을 대하는 그 평범한 일상. 미국인들에게는 야구 얘길 하겠지. 이태리 사람에게는 피자 얘길 하겠지. 누구에게도 예쁘다는 말은 빼놓지 않겠지.

그들은 그 어느 나라 사람들보다 더 많은 세상과 소통을 하고 있는 셈이다.

그렇게 골목골목 그들의 일상을 조금씩 훔쳐보면서, 수없이 들리는 예쁘다는 말과 휘파람 소리를 뒤로하고 아무렇게나 돌아다니다 보니 어느새 발길이 닿은 곳은 마요르 광장이다. 낮에는 다리를 쉬며 이름 모를 밴드의 라틴 음악에 흠뻑 빠질 수 있고, 밤에는 하루도 거르지 않고 광장의 낡은 성당을 따르는 계단 위에서 펼쳐지는 살사 공연에 취할 수 있는 곳. 날이 어두워지면 그 광장에 새로운 세상 카사 델 라 뮤지카 Casa de la Musica가 빛을 내기 시작한다.

9시 무렵, 무대 근처의 자리는 이미 만석이라 무대 옆 계단에 자리를 잡고 앉아 쿠바 콜라 Tukola 하나를 시켰다. 공연이 무르익자 누가 시킨 것도 아닌데 사람들이 무대 앞으로 나가 춤을 추니 그곳에서 커다란 춤판이 벌어진다. 몸치인 나도 음악에 어깨가 절로 들썩거리니 낙천적이고 흥이 많은 이 나라 사람들이 오죽할까. 음악도 음악이지만 흔들흔들 춤을 추는 사람들을 보니 괜히 기분도 흔들흔들 신이 났다.

내가 춤을 잘 추는 사람이면, 아니 음악에 몸을 맡기고 리듬이라

도 탈 줄 아는 사람이면 이렇게 3인칭 관찰자 시점이 아니라 1인칭 주인공 시점으로 이 나라를 바라볼 수 있었을 텐데.

한 타임 공연이 끝나자 밴드의 뚱뚱한 보컬 씨가 사람들을 하나하나 찾아다니며 팁을 강요하는데, 그 모습이 마치 자신들의 음악을 들은 사람이라면 단 한 사람도 빼놓지 않고 돈을 받겠다고 다짐한 것 같다. 자신들의 CD와 돈통을 들이밀며 테이블을 꼼꼼히 돌아 계단 맨 뒤에 앉은 사람들의 주머니까지 정성껏 털어 갔으니 말이다.

어쩐지 돈과는 상관없는, 자신들의 음악을 즐거워해주면 그만인 사람들이 있는 곳인 줄 알았던 카사 델 라 뮤지카는 기대했던 것과는 차이가 있었지만, 관람료의 개념으로 본다면 그 또한 이상할 것

부러웠다, 자연스럽게 음악에
맞추어 춤을 추는 사람들.
갖고 싶었다, 춤추는 유전자.

이 없긴 하겠다.

인디는 인디인데 대중으로부터의 인디가 아니라 카사 델 라 뮤지
카로부터의 인디밴드인 모양이다. 어쩐지 음료가 싸다 했어.

라이브 살사 음악이 마음껏 흐르고, 흥에 겨운 사람들이 리듬에
맞추어 남 신경 쓰지 않고 춤을 추어대고, 이 와중에 모든 관객에게
포기하지 않고 돈을 걷으러 다니는 보컬 씨가 있는 이곳 트리니다드
는 음악과 춤과 돈이 흐르는 곳.

쿠바의 화폐

쿠바의 화폐는 두 가지다. 외국인 전용 화폐인 쿡CUC과 현지인들이 사용하는 쿱CUP이 바로 그것. 외국인 물가가 따로 있다고 생각하면 쉽다. 외국인은 레스토랑, 숙소, 택시 등을 이용하거나 각종 입장료를 지불할 때 쿡만 사용할 수 있고, 길거리 음식점이나 버스를 이용할 때는 쿱도 사용할 수 있다. 그리고 쿠바의 전 화폐 중 3쿱 짜리에는 유독 쿠바노가 아닌 체 게바라의 얼굴 도안이 들어가 있으니 한 개쯤 소장하면 좋은 추억이 되지 않을까 싶다.

쿠바는 법적으로 국가가 지정한 집만이 민박업을 할 수 있게 되어 있다. 가구당 네 개의 침대, 방 두 개가 최대이며, 냉장고, 에어컨, 샤워 시설 등 정부 기준에 맞춰 시설을 갖출 수 있는 재력을 가진 사람들이 카사라고 불리는 민박집을 운영할 수 있는데, 사람 수대로 가격을 받는 것이 아니라 방 단위로 가격을 받는다는 것이 특이하다. 혼자 가든 둘이 가든 정해진 하나의 방 값은 지불해야 하니 혼자 가면 쓰지도 않는 침대 값을 내야 하며, 침대는 두 개만 쓰고 방 값은 세 사람 몫을 낸다고 해도 단속에 걸리면 벌금이 크기 때문에 방당 두 명, 가구당 네 명을 넘는 초과 인원도 불가하다. 민박업을 하는 사람들은 외국인을 상대로 쿡을 벌기 때문에 세금도 많이 낸다. 그래서 그들의 주 수입

쿠바의 숙소

원은 방 값보다는 세금에서 자유로운 밥값. 대부분의 민박집에서 아침은 3쿡, 스테이크, 랍스터, 생선, 닭 등의 저녁 식사는 7~10쿡에 판매하고 있으며, 물이나 맥주 등을 현지인 가격으로 사다 주고 외국인 가격과 현지인 가격의 절충선으로 돈을 받는 센스 있는 곳도 있다.

산타클라라,
체 게바라의 미완성 교향곡

트리니다드의 작은 버스 터미널 내부의 휑한 벽에도 덩그마니 체 게바라의 사진이 붙어 있더니 산타클라라의 버스 터미널 외벽엔 아예 그의 얼굴이 커다랗게 그려져 있다. 이 나라에서 체 게바라의 위치와 혁명에 대한 자부심이 어느 정도일까 사뭇 궁금해진다.

산타클라라에 도착하면 가장 먼저 다음 이동할 곳의 버스 티켓을 마련해놓는 것이 좋다. 버스 터미널에서 티켓을 바로 팔지 않고, 떠나는 날짜와 행선지별로 사전에 예약을 받는 시스템이기 때문에 당일엔 표를 구하지 못할 수도 있다. 예약 데스크에서 날짜별 행선지가 정리된 차트에 이름과 여권 번호를 쓰고 출발 시간을 받으면 예약 완료.

아바나행 버스를 예약했는데, 예약을 받는 여자가 손으로 눈을 가로로 쫙 찢으며 "운이 좋았어. 내일 표는 이제 마감이야" 하고는 호탕하게 웃는다.

고맙다는 인사를 하고 돌아서며 '코를 납작하게 누르고 입술을 까뒤집으며 말해줄걸 그랬나?' 하는 생각을 했다. 물론 호탕하게 웃으며.

체 게바라 기념관 Museo Memorial al CHE. 입장은 무료이고 입장 시
유인 보관소에 카메라를 비롯한 모든 짐을 맡겨야 한다. 내부는 물
론 기념관 입구부터 사진 촬영을 금지하고 있다. 사진 촬영은 체 게
바라의 동상과 체 게바라가 카스트로에게 마지막으로 남긴 편지가
새겨진 기념비, 중앙 광장이 있는 기념관 뒤쪽에서만 가능하다.

체 게바라 사망 후에 조성된 기념관으로 한쪽엔 꺼지지 않는 불이
타오르는 그의 무덤과 참모 열일곱 명의 무덤이 있고, 다른 한쪽 방
엔 그가 사용했던 카빈 소총과 낡은 군복, 여권, 카메라, 체스판, 라
디오, 나침반 등의 물건이 전시되어 있다. 그리고 어릴 적 사진에서
부터 약간은 과장된 모습이 담긴 전쟁터에서의 사진들까지 그의 행

적이 담긴 여러 가지 자잘한 기록들이 유리관 속에 보관되어 있다.
    체 게바라는 아르헨티나 출신의 쿠바 사회주의 혁명가 혹은 게릴
라 지도자로 본명은 에르네스토 라파엘 게바라 데 라 세르나. 내가
아는 가장 잘생긴 꼬뮤니스트. 모델 같은 포즈를 취하고 있거나 장
난기 가득한 눈웃음을 치는 그의 사진들을 보고 있자면, 그는 총알
과 치열한 두뇌 작전이 오가는 게릴라전의 수장이 아니라 잘 만들어
진 전쟁 영화의 주인공 같다는 생각이 든다.

그의 사상이나 종교, 정치적 신념이 어땠느냐 하는 것은 사실 내게 별다른 감흥이 없다. 다만, 그가 대단하게 느껴지는 것은 본인이 이미 가진 많은 것을 포기하고 없는 사람들, 갖지 못한 사람들, 서러운 사람들을 위해 인본주의적인 입장에서 본인이 옳다고 믿는 것을 행했다는 것.

비록 그는 그가 구하고자 했던 나라 볼리비아의 정글에서 생포되어 처형당하고, 그의 시체는 전시되어 사람들의 구경거리가 되는 수모를 겪은 뒤 아무렇게나 묻혀버리는 비극적 결말을 가진 영화의 주인공이 되었지만, 지금에 이르러서도 쿠바노들에게는 전설 속의 영웅이며 그 자체가 혁명이고 심지어는 신앙이다.

세상없어도 반항의 이미지는 제임스 딘이고 팝의 황제는 마이클 잭슨이며 투쟁과 혁명의 아이콘은 체 게바라라는 사실은 변하지 않는다.

그가 꿈꿨던 혁명의 빛은 그와 함께 사그라들어 쿠바는 지구 상에 몇 안 남은 사회주의 국가로, 어느 대륙에서는 가장 못사는 나라로 남아버렸지만 그의 청년 정신을 닮은 꽃미남이 또 언제 어디서 나타날지 모르는 일 아닌가. 체 게바라의 미완성 교향곡 같은 이 나라의 꿈을 실현해줄 '랑만주의' 혁명가를 기다려보자. 그들의 마지막 꿈이 다 같이 가난하게 살자.였다면 아직까지 체 게바라를 기억할 리 없다.

작은 바람이 있다면, 이왕이면 잘생길 것. 여심을 흔들어 그녀들이 분연히 일어나 가녀린 팔로 승리의 깃발을 휘두르게 하려면 눈웃음은 필수다.

기념관을 나서는데, 엇! 배가 아프다. 기념관 바깥에 마련되어 있

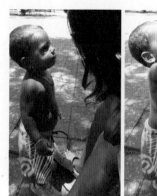

는 화장실로 냅다 뛰었다. 화장실 입구를 지키던 아줌마가 쥐여주는 휴지를 들고 안내해주는 곳으로 들어갔다. 후아~ 출똥(出똥). 이제 마무리하고 나가야 하는데, 어라? 변기에 물을 내리는 레버가 없다! 누르는 게 어딨지? 뭘 잡아당겨야 하나? 아무리 찾아봐도 물을 내릴 만한 것이 없어서 나가지도 못하고 두리번두리번~ 고민고민하다가 바깥 눈치를 좀 봐야겠다 하고 조심스럽게 문을 열었는데, 헉! 들어올 때 안내해준 그 아줌마가 문 앞에 물이 가득 담긴 양동이를 들고 활짝 웃으며 서 계신 것이 아닌가!

이미 눈이 마주쳤는데 문 닫고 도로 들어갈 수는 없어 주춤거리며 문 옆에서 비켜났다. 손을 닦는 그 짧은 시간에 이마엔 송글 식은땀이 맺히고 뒤통수도 화끈거리는 것이 뭔가 큰 죄를 지은 기분도 들고, 수치스러운 비밀을 들킨 것도 같고, 아줌마에게 큰 사례비를 줘야 할 것만 같은 압박감도 들었다.

아, 인간의 존엄성이 무시된 쿠바의 화장실.

따라가고 싶은 언니들,
뼛속까지 쿠바끼.

아바나,
말레콘 따라 걷는 길

　　　참새가 방앗간 그냥 지나치는 법이 없는 것처럼, 아바나에 왔다면 아침저녁으로 들러주어야 하는 곳이 있다. 바로 아이스크림 가게 코펠리아. 사람들이 커다란 아이스크림 가게를 한 바퀴 에두를 정도로 긴 줄을 서는 곳이기 때문에 이곳의 아이스크림을 먹으려면 열 일 제쳐두고 줄의 꼬랑지를 찾아 찰싹 붙어야 한다. 가만히 서 있기만 해도 땀으로 티셔츠가 다 젖는 더운 날씨에도 꿋꿋하게 줄을 선 덕분에 약 2시간 만에 아이스크림과 조우할 수 있었다.

　이 다섯 스쿱짜리 아이스크림을 먹기 위해 아침나절부터 해 질 녘까지 끊임없이 줄을 서다니, 이 사람들은 일도 안 하는 건가? 그 틈에 껴서 아이스크림을 굳이 먹겠다고 2시간 가까이 진을 빼는 짓을 매일 하긴 했지만, 종국에는 이런 생각이 든다.

　한국에서 내가 삼색 아이스크림을 먹기는 했었나?

　아이스크림을 한 그릇 먹는 사람은 관광객뿐인 듯. 현지인들은 인원수에 상관없이 테이블 가득 아이스크림을 시킨다. 이 나라에서 도대체 아이스크림은 무슨 의미기에.

코펠리아 건너편에 있는 리브레 호텔을 따라 큰길까지 내려오면 잭 스패로우의 바다, 카리브 해와 만날 수 있다. 물먹는하마를 허리춤에 차고 다니면 좀 덜 습할까 싶게 습습하지만 짠내 나는 바닷바람이 불어오고, 두둥실 뭉게구름이 그림같이 펼쳐진 말레콘을 따라 뻗은 길은 아바나에서 꼭 한 번은 걸어봐야 한다.

오래전 전쟁이 지나간 자리인지, 허리케인이 휩쓸고 간 상처인지, 당장 무너져도 이상하지 않을 것 같은 이 낡은 건물에도 빨래가 걸려 있고, 화분이 놓여 있고, 사람들이 드나들고, 흔들의자에는 금방 누군가 앉았던 기운이 남아 있다. 그곳에도 생활이 있다는 사실이 새삼 이 나라, 쿠바의 실체를 본 듯해서 마음이 아프지만 그 건너편, 방파제와 바위 사이에는 어김없이 물놀이를 하는 사람들로 복작복작하다. 넓디넓은 카리브 해가 집 앞에 있는 전용 수영장이라니, 세계 어느 부자 못지않은 레저를 즐기는 쿠바노들의 깔깔거리는

웃음소리엔 가난도 걱정도 묻어나지 않는다. 그들이 웃고 있는데 내가 그들의 삶을 내 입장에서 판단하고 동정할 필요가 없다. 그들은 충분히 행복해 보인다.

사실 이 길을 꼭 걸어봐야 하는 이유는 따로 있다. 베다도에서 센트로 아바나까지의 버스비는 고작 0.4쿱, 우리 돈 약 20원으로 시간과 비용을 따져보면 덥고 습한데 그 먼 길을 걸어갈 이유가 전혀 없어 보인다. 하지만 모 카메라 광고 속의 우리 소간지 소지섭 님이 거친 파도가 치는 바다를 곁에 두고 '그만의 순간'을 찾아 걸었던 길이 바로 이 말레콘 따라 걷는 길이라는 것을 안 이상 이 아바나 명물 거리를 그냥 두고 지나칠 순 없다! 달랑 이 길이 유네스코 문화유산으로 지정된다고 해도 나는 고개를 끄덕이며 인정할 테다.

말레콘 끝에서 우회전하여 교차로를 지나면 센트로까지 이어지는 보행자 거리가 나온다. 가로수가 그늘을 만든 보행자 거리 곳곳에는

벤치가 놓여 있고, 양옆으로는 도로를 끼고 상점이 즐비하다. 거리의 화가들과 사진사들이 야외 갤러리를 만들어놓았고, 특이한 분장을 한 사람들이 다양한 퍼포먼스를 하고 있으니 바르셀로나의 람블라스 거리와 비교해도 손색이 없다.

이 나라에 와서 두고두고 놀라는 사실이 그림 그리는 사람, 그림 파는 사람이 참 많다는 사실이다. 트리니다드의 시장 골목에서 가장 많이 본 상점이 그림 파는 곳이었을 정도고, 산타클라라의 광장에서도 그림 그리는 사람을 어렵지 않게 만날 수 있었으니 말이다. 과감한 색상을 아낌없이 사용하고, 굵은 선을 긋고, 말하고자 하는 것이 무엇인지 잠시도 망설이지 않는 거침없는 예술 작품들을 보며 그 나라의 삶의 수준과 예술 수준이 꼭 일치하는 것은 아니라는 사실을 깨닫는다.

이 구경, 저 구경을 하며 느긋하게 걸어 도착한 곳은 센트로의 아바나 대극장 Gran Teatro de la Habana. 발레 공연을 보기 위해 티켓을 사려고 왔는데 극장이 두 달간 공사에 들어갔다는 소식에 아쉬운 생각이 들면서 마음 한편에 홀가분함이 스민다. 사실 발레에 별다른 흥미가 없었던 참이라 입가에 희미한 웃음을 띤 채로 아낀 발레 관람료만큼 우표를 샀다. 발레는 어쩔 수 없이 못 본 것이 되었다.

걸어오느라 수고했으니 종이를 고깔 형태로 만들어 잘게 부순 얼음을 넣고 정체 모를 빨간 액체와 시럽을 뿌려주는 빙수를 사서 한 입에 털어 넣는다. 이 빨간색 저질 색소는 페인트였는지 소량이었음에도 불구하고 쭈쭈바 30개를 먹은 것처럼 내 입가를 빨갛게 물들였다.

쥐 잡아 먹은 입술을 하고는 카피톨리오 계단 앞에 앉아 있으려니 TV에서 봤던 사진사 아저씨가 눈에 띈다. 오래된 핀홀카메라로 사진을 찍어주는 그 아저씨는 TV에서 봤을 때랑 똑같은 노란색 민소매 티셔츠를 입고 빨간 모자를 쓰고 있었다. 아는 사람 만난 듯한 반가움에 활짝 웃으며 사진을 찍겠다고 하자, 바로 계단에 앉히고는 찰칵. 아니, 사진 찍어주고 밥 벌어먹는 사람이 피사체가 옷매무새며 머리 정리할 틈도 안 주고 찍는다는 말도 없이 찍어버리다니, 너무하잖아요!

항의할 틈도 없이 순식간에 찍혀 나온 물기 젖은 흑백사진 한 장. 어쩜 이렇게 촌스럽게 나왔을꼬.

1쿡짜리 추억을 한 장 얻었다. 예쁘게 아주 잘 나왔다며 호들갑을 떨던 사진사의 지문까지 선명하게 찍힌. 사진을 받는 데까지 1분이 채 걸리지 않았지만 흑백사진 속의 나는 분명히 100년쯤 전의 카피톨리오 계단 앞에 앉아 있으니 핀홀카메라 속에는 시간이 고여 있는 것이 분명하다.

아바나,
헤밍웨이와 부에나비스타소셜클럽 만나기

헤밍웨이가 쿠바를 사랑했다는 것은 새삼스러운 이야기도 아니다. 그는 쿠바에서 무려 20년간이나 정착하면서 『노인과 바다』, 『누구를 위하여 좋은 울리나』 등의 작품을 남겼다. 헤밍웨이가 덥수룩한 수염 사이로 쿠바산 시가를 물고 자주 드나들었다는 곳이 바로 이곳, 바 플로리디타 Bar Floridita. 이곳의 원래 이름은 다이키리 원조라는 뜻의 라 쿠나 델 다이키리 La Cuna del Daiquiri 였는데 늘어나는 미국 관광객을 상대하면서 상호를 미국식으로 변경한 것이란다. Floridita는 예상했듯이 영어로 Florida지만 바 분위기 자체는 다이키리 원조 집에 가깝다.

그곳에서 주문한 것은 당연히 헤밍웨이도 즐겨 마셨다는 다이키리. 셰이커 얼음에 럼주와 라임, 설탕으로 만든 칵테일이라 시원하고 청량하지만 럼 때문인지 메탄올 맛이 나서 내 입에는 살짝 썼다.

낮술을 먹고 찾은 곳은 기념품 상점과 잘 꾸며진 푸드 코트, 깔끔한 환전소 카사 데 캄비오 Casa de Cambio, 고급 부티크, 그리고 음악이 멈추지 않는 바가 들어찬 오비스포 거리. 왁자지껄하고 북적거리는 이 거리만 보면 이곳이 못사는 나라인지 전혀 알 수가 없지만 오비스포 거리에서 두어 블록만 비집고 들어가도 날카로운 현실 세계를 만날 수 있다.

　너무나 더럽고 망가진 건물들, 배를 내놓고 할 일 없이 앉아 있는 사람들, 시궁창 냄새가 나는 골목에서 튀어나와 무작정 돈을 달라는 아이들. 어쩐지 쿠바만큼은 궁극의 사회주의를 실현하고 있을 것만 같았던 낭만적인 착각은 아무래도 체 게바라의 살인미소에 현혹된 근거 없는 믿음이었으리라.

누구나 배불리 먹을 수 있는 커다란 케이크는 아니지만, 작으면 작은 대로 싸우지 않고 나눠 먹고 있을 줄 알았는데…… 그럴 리가 없지. 사실은 먹는 놈만 먹고, 못 먹는 놈은 계속 못 먹고 있더라는 현실을 눈으로 본 것 같다.

헤밍웨이와 체 게바라를 팔아 먹고살 수 있는 사람들도 한정되어 있구나. 나머지 사람들은 무얼 해서 먹고살고 있는 것일까. 무슨 돈으로 코펠리아에 그렇게 줄을 서는 것일까…….

토요일 밤 아바나에는 일주일에 한 번 부에나비스타소셜클럽이 뜬다. 시간 맞춰 도착한 호텔 나시오날 '살롱 1930'.

자리를 안내받고 모히토 한 잔을 시켰다. 이 역시 헤밍웨이가 즐겨 마셨다고 해서 널리 알려진 것으로 럼을 베이스로 설탕과 라임 혹은 레몬을 넣는 것이 다이키리와 비슷하지만 여기에 민트를 넣어 상큼한 향과 깔끔함도 놓치지 않아 다이키리보다 먹기 수월하다.

쿠바 음악이 전성기를 이루었던 1930~40년대 당시 아바나에는 카바레, 클럽 같은 사교장이 번성했다. 부에나비스타소셜클럽은 '환영받는 사교 클럽'이라는 뜻의 고급 클럽 이름으로 당시의 대표적인 음악가들은 모두 이 클럽에서 음악을 연주했다.

그러나 쿠바혁명으로 카스트로 정권이 들어서면서 사회주의 이념을 담은 포크송이 주류를 이룸에 따라 쿠바의 전통음악은 뒤로 밀려났고, 이로 인해 부에나비스타소셜클럽은 쇠퇴하고 연주자들은 뿔뿔이 흩어졌다.

1996년 쿠바 음악에 심취해 있던 미국의 기타리스트이자 레코딩 프로듀서인 라이 쿠더가 흩어져 있던 실력 있는 뮤지션들을 하나하나 찾아내 허름한 스튜디오에서 6일 만에 라이브로 녹음을 끝냈다. 출시와 동시에 세계적으로 쿠바 음악 붐을 일으킨 이 앨범의 이름이 바로 클럽의 이름을 딴 부에나비스타소셜클럽이다.

녹음 당시에 이미 연주자들은 일흔이 넘은 고령이었기 때문에 현재의 부에나비스타소셜클럽은 그들의 제자들로 구성되어 있으며, 지금에 와서는 그 밴드 자체를 지칭하기보다는 쿠바 음악의 대명사가 되었다.

영어와 스페인어를 자유자재로 구사하는 늘씬한 아가씨의 소개로 시작된 밴드의 공연은 신나고 흥겹기도 했지만, 서정적이기도 하고 마음이 짠하기도 한 것이 듣고 있자니 종잡을 수 없는 기분이 들었다.

귀에 익은 노래는 〈Chan Chan〉 하나뿐인 것이 문제였을까? 그 기분에 대해서는 일기장에도 뭐라고 표현을 못 하고 말줄임표만 찍어 댔다. 음악은 그 나라의 정서인데, 내가 여기서 며칠 머물렀다고 이 나라 정서를 다 이해할 수야 없지 않겠는가. 사탕수수 농장에 끌려온 아프리카 흑인들의 애환이 그대로 녹아 있는 끈적한 음악 전부를 이해하지 못해도 마음이 동요되었다면 충분하리라.

꼭 관광객을 상대로 살롱에서 쿠바 전통음악을 연주하는 사람들이 아니라도 길가에서 시가를 물고 기타 줄을 튕기는 그 사람, 말레콘에 앉아 트럼펫을 불던 그 남자가 지금으로서는 오히려 쿠바스러운 음악을 하는 부에나비스타소셜클럽이 아닐까 한다.

나의 정서에는 오히려 불나방스타쏘세지클럽의, 누나가 D 드라이브에 숨겨놓은 찌르레기 폴더를 지웠다며 울부짖는 가사와 지금 그 자리에서 막 만든 듯한 음원이 더욱 잘 맞는 것 같다. 그것은 단지 내 귀가 싸서 그런 것은 아닐 거다. 정서가 중요해, 정서가.

공연이 끝나고 호텔 로비에 엽서가 보여서 몇 장 사려고 들렀다. 직원 아저씨가 어디서 왔느냐고 묻기에 한국에서 왔다니까 알은체를 하며 두꺼운 책 한 권을 펼쳐 사진 하나를 가리킨다. 다짜고짜 누군지 알겠느냐고 묻는다. 한국인이랑 관련 있는 사람인가? 아무리 봐도 누군지 모르겠는 포리너 늙은이다. 피델 카스트로보다, 라울 카스트로보다 훨씬 더 유명한 사람이고, 한국 사람들도 대부분 아는 사람이며 심지어 내가 그를 안단다. 내가 그 사람이 누군지 맞출 가능성이 없어 보였는지 아주 잠깐을 기다려주고는 그 남자가 바로 체 게바라라고 말해준다.

무슨 소리야, 체 게바라는 마흔도 되기 전에 죽었는데 이 사람은

적어도 백 살은 되어 보이는데!

몇 장의 사진을 더 보여주는데, 사진 속 그 사람은 대머리이기도 하고, 곧 죽을 것처럼 늙고 병약해 보이기도 하고, 풍채가 너무 좋아 뚱뚱해 보이기까지 한다. 시간상으로 뒤죽박죽인 늙은 모습, 젊은 모습의 체 게바라라고 믿기 어려운 모습들을 계속해서 보여주며 볼리비아 국경을 넘을 때 변장한 모습이라고 설명을 해준다. 못 믿겠다는 눈치를 보이자 책의 어느 부분을 가리키며 출처가 CIA라는 말도 덧붙인다.

체 게바라에 대한 이런저런 설명을 한참 동안 열정적으로 해주더니 지갑에서 3쿱짜리 동전을 꺼내 건네주며, "너는 체 게바라의 비화를 알고 있는 사람이야"라고 말해준다.

나, 체 게바라의 비화를 아는 여자야~ 갑자기 생긴 자긍심 뭐야~

그나저나 정말 그 늙은이가 체 게바라였을까?

가난한 일상 위에도, 동냥이 직업인 아이들의
배고픈 울뚱이에도, 찢겨 나간 듯 무너져 내린
집 지붕 위에도, 함부로 결론지어 옳다 그르다
말하기 어려운 체제의 현재진행형 상처 위에도
빠짐없이 어둠이 내려앉았다.

보석처럼 빛나는 불빛들이 그들이 꿈속에서도
잊지 말아야 할 희망이길. 마지막 지상 낙원을 꿈꾸는
쿠바노들의 실현 가능한 로망이길.

아바나,

영원한 승리의 그날까지 —Hasta la Victoria Siempre

일요일엔 센트로 아바나에 시장이 열린다. 카사를 나섰는데 하늘이 흐리흐리한 게 꼭 비를 뿌리게 생겼다. 가방에 우산을 챙기긴 했지만 진정 비가 오지 않았으면 좋겠다는 생각으로 나선 길 위에서 그냥 비가 아닌 폭우를 만났다. 순식간에 바람도 세차지고, 파도도 거세지고, 빗줄기도 강해지니 하늘은 무겁기만 한 것이 아니라 무섭기까지 했다. 7~8월 쿠바엔 허리케인이 오는 경우가 많다던데, 이렇게 허리케인 속에 갇히는 건가!

현지인이 파도가 몰려오는 시늉을 하며 내일은 파도가 모든 것을 쓸어 갈 거라고 말하는 바람에 허리케인 때문에 쿠바에 고립된 한국인으로 뉴스에 이름이 오르는 건 아닐까 걱정했는데 현지인의 그 말이 무색하게 30여 분쯤 후에 하늘은 말짱해졌다.

좀 전에 비가 많이 왔는데도 다행히 시장도 오픈! 오늘의 전리품은 플라스틱같이 생긴 쌀, 열매가 열네 개나 붙어 있는 바나나 한 송이, 강호동 머리통만 한 망고 세 개. 팔이 떨어지도록 무거운데 쓴 돈은 고작 1800원이다. 이 나라에는 농약조차 들어올 수 없으니 이 모든 것이 다 무농약 유기농이란 말씀! 이곳은 천국인가 보다.

내일 태양은 다시 뜨겠지만
그 태양이 오늘 진 그것은 아니니

이미 오래전에 떠나간 사람을
그리워하는 마음으로.

숙소로 돌아와 무거운 짐을 내려놓고 걸어서 혁명광장으로 향했다. 시원한 냉면 위에 얹어진 계란을 먼저 먹느냐, 나중에 먹느냐는 사람마다의 성향에 따라 달라지는 문제인 것처럼 가장 좋아하는 곳을 먼저 보고야 마는 것이 나은지, 아껴두었다가 나중에 보는 것이 좋은지는 개인 취향. 나에게 혁명광장은, 정확하게는 체 게바라 얼굴의 철제 구조물은 아껴두었다가 맨 나중에야 먹는 냉면 위의 계란 같은 것이었다.

혁명광장은 쿠바의 혁명에 있어서 중요한 집결지 역할을 했던 곳으로 100만 명이 넘는 사람들이 운집할 수 있을 정도로 넓다. 이 광장의 한가운데에는 호세 마르티 기념비와 동상이 있고 광장 주변에는 국립도서관, 국립극장뿐 아니라 대통령 집무실 등이 있기 때문에 군인들의 경계도 삼엄하다. 그리고 광장 한쪽 내무부 건물에는 체 게바라의 얼굴과 그의 표어인 "Hasta la Victoria Siempre 영원한 승리의 그날까지"가 철제로 제작되어 커다랗게 설치돼 있다.

비가 거하게 쏟아진 후라 습도가 98%쯤 되는 것이 아닌가 싶을 정도로 습한 데다 더위까지 기승을 부리고 있었지만 어쩌랴, 내 인생 어느 한 순간을 체와 함께했다 하려면 이 정도는 감수해야 한다. 그 넓은 광장 한가운데 맨바닥에 철퍼덕 주저앉아 있다 보니 이곳은 온전히 of the Che, by the Che, for the Che.

혁명광장에서 카피톨리오까지 걸어가서 해 질 녘 그 계단에 앉아 노을이 아바나 저편으로 넘어가는 모습을 하염없이 지켜보았다. 내일 태양은 다시 뜨겠지만 그 태양이 오늘 진 그것은 아니니 이미 오래전에 떠나간 사람을 그리워하는 마음으로.

밤이 되면 아바나에는 음악이 멈추질 않는다. 리브레 호텔 근처에는 펑키한 음악이 흘러나오는 클럽, 살사와 재즈 공연장을 드나드는 관광객들과 호객꾼들이 뒤섞여 북적거린다.

　그중에 간택한 곳은 센트로에서 조금 벗어난 아바나 재즈 카페 Habana Jazz Cafe. 아바나에 왔다면 재즈바 한 군데쯤 들러주는 것이 쿠바 재즈에 대한 예의이기도 하지만 그곳에 간 이유는 딱 한 가지였다. 대학교 2학년 때였나, 3학년 때였나. 어렸을 때는 죽어도 먹기 싫었던 시퍼런 나물 종류가 어느 날 입에 맞고, 재미라고는 도대체 찾아볼 수 없는 뉴스에 눈이 가는 딱 그런 나이. 갑자기 재즈라는 음악이 귀에 들어오더니 그 음악만 찾는 때가 온 것이다. 내가 아니라 그녀에게.

　그녀가 내게 몇 번이나 재즈바에 같이 가자 했었다. 한 번쯤 같이 가주었어도 되었을 것을, 관심 없다는 핑계로 늘 그녀 혼자 재즈바에 가게 했었던 것이 그녀가 이미 재즈에 흥미를 잃고 난 후까지도 두고두고 미안한 일이 되어버렸다.

　그 아이 생각이 나서 재즈바를 찾았다. 그 아이가 보고 싶은 마음이 좀 달래질까 싶어서.

　원래 재즈가 이런 건가? 공연은 재즈라기보다 메탈리카 워너비 아마추어 재즈 그룹 수준 정도라고 해야 할까나. 색소폰 소리가 공연

장에 너울거리기는 했지만 현란한 일렉 기타 주자의 혼신을 다한 연주 덕분에 록 공연장에 와 있는 듯한 느낌을 지울 수가 없었다.

요즘 쿠바 재즈 이러시나 보다. 어쨌든 중요한 것은 분위기! 그리고 그 정서! 이런 퓨전적인 요소 덕분에 젊은이들이 많다. 그들의 구미에 맞춰진 것인지 이곳은 1시간 정도의 재즈 공연이 끝나면 곧바로 현란한 사이키 조명이 돌아가고 스테이지로 뛰쳐나간 사람들이 스스럼없이 부비부비를 하는 나이트클럽으로 변신한다.

아바나의 밤을 즐겨보고 싶은 분들! 부담 없는 가격 10쿡에 모시겠습니다.

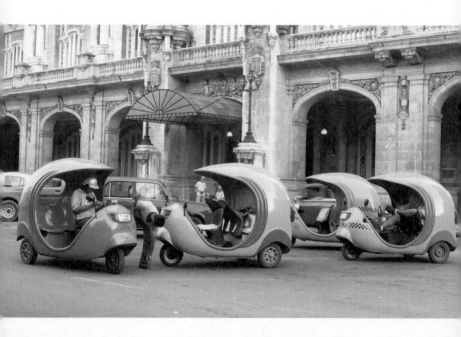

국립 미술관 Museo Nacional de Bellas Artes

세계 곳곳의 작품들을 모아놓은 'Coleccion de Arte Universal'과 쿠바 작품들을 모아놓은 'Coleccion de Arte Cubano' 두 개의 건물이 나뉘어져 있으며 두 군데를 모두 본다면 통합권 8쿡, 한 군데만 본다면 각 5쿡. 입장 시 짐은 유인 보관소에 맡겨야 하며, 사진 촬영은 금지한다. 쿠바노 미술관의 1층은 특별전, 2층엔 개성 있는 현대 작가들의 독특하고 실험적인 작품들, 3층엔 1930~60년대 클래식한 작품들이 있는데 실로 수준 높고 개성 있는 쿠바의 미술 세계를 한 곳에서 만나볼 수 있다.

쿠바 떠나기

쿠바 공항은 꽤 깔끔했다. 쿠바와 수교하지 않았기 때문에 공항 천장 만국기에 대한민국 국기는 없었지만, 그 공항에서 우연히 한국 사람을 만났다.

"한국인이세요?" 하고 슬쩍 묻자, 깜짝 놀라신다. 남미 여자가 말을 거는 줄 아셨단다. 와우~ 브라보! 남미 여자!

코스타리카에 사신다는 할아버지는 쿠바에서 선교 활동을 하고 집으로 돌아가시는 길이라고 했다. 한국을 떠나오신 지 30년이 넘으셨다는데 최근의 한국 소식을 너무나 잘 알고 계셔서 덕분에 이런저런 고향 소식도 듣고 코스타리카의 멋진 자연 경관에 대해서도 이야기를 들으며 출국을 기다린다.

출국 심사대에서 입국할 때 작성했던 투어리스트 카드의 나머지 절반을 내면서 이제 정말 사진과 기억 외에는 내가 쿠바에 있었다는 흔적이 모두 없어졌다고 생각했는데, 비행기가 뜨고 나서 보딩패스를 정리하다 보니 패스 뒷면에 출국세를 납부한 확인 스티커 반토막이 붙어 있다. 출국세 25쿡 중에 25라는 숫자와 펄럭이는 쿠바 국기가 그려진 반만 남은 스티커가 내가 쿠바를 다녀왔다는 공식 흔적이 되는 셈이다. 너무 비싼 흔적이로군.

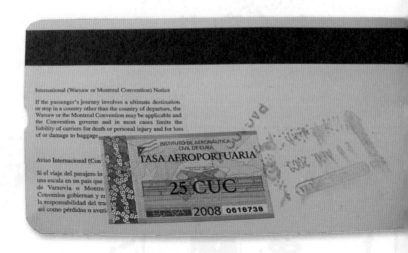

베르시아노스에서 스페인 청년 알베르토를 처음 봤을 때는 스페인어를 잘하는 사람이었으면 좋겠다고 생각했고, 아타푸에르카에서 조나단이 만든 스파게티를 먹었을 때에는 요리를 잘하는 사람이었으면 좋겠다는 생각을 했고, 모리나세카에서 그 멋진 산세를 카메라에 온전히 담을 수 없었을 때에는 사진을 잘 찍는 사람이면 좋겠다는 생각을 했고, 주황색으로 물드는 노을 아래 새파란 실크 같은 스플릿의 바다 앞에서는 그림을 잘 그리는 사람이고 싶단 생각을 했어.

쿠바에서는, 라이브 공연 중에 살사 음악이 나오면 자연스럽게 무대로 나가 살사를 추는 이 나라 사람들을 보며 나도 멋지게 살사를 출 수 있는 사람이면 좋겠다는 생각을 한다.

흔들흔들 살사는 보는 사람을 설레게 하는 춤인 거 같아. 발동작, 손동작을 눈여겨보지만 나 같은 몸치는 엄두가 안 나는 춤이라 더더욱 살사 리듬이 몸에 밴 이 나라 사람들이 부러운지도 모르겠어. 흔들흔들 살사, 흔들흔들 흔들의자, 흔들흔들 비포장 길을 달리는 미니버스의 울렁거림이 마치 꿈같은 곳이었어, 이곳은.

여행의 절반쯤, 그리고 대륙과 대륙을 건너는 중간 지점의 휴식처로 쿠바를 선택한 건 정말 훌륭한 결정이었다는 생각이 들어. 언젠가, 어디론가 꼭 떠나야 한다면 여기가 어때?

CUBA
CORREOS
2006

75 Santa Misa en la plaza Ignacio Agramonte, Camagüey
PRIMER ANIV. DE LA MUERTE DE JUAN PABLO II

투어리스트 카드

1959년 피델 카스트로가 미국을 배후에 둔 쿠바의 기존 정권을 무너뜨리는 혁명에 성공하자 1961년 1월 미국은 쿠바와의 국교를 단절했다. 이 듬해 쿠바가 구소련의 탄도미사일을 도입하면서 상황은 최악으로 치달았고, 급기야 미국은 국제사회에서 쿠바 격리 방침을 선언하고 경제봉쇄 조치 등으로 끊임없이 압박을 가하면서, 1996년에는 쿠바와 거래하는 외국 기업의 경영진과 주주, 가족들까지 미국 입국을 중지시켜 쿠바의 완전 고립화를 시도했다. 그리하여 쿠바 정부는 쿠바에 방문하는 사람들에게 쿠바 방문 흔적을 남기지 않기로 했다. 흔히 국경을 넘을 때 여권에 찍어주는 스탬프 대신에 투어리스트 카드를 만들어 출입국을 관리하는 것이다. 작성한 카드는 입국과 출국 시에 반절씩 회수하기 때문에 여권만 봐서는 누구도 쿠바에 다녀온 흔적이 남지 않는다.

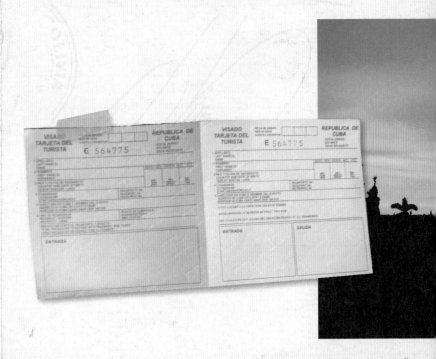

페루

PERU

정교한 석축 기술을 가지고 있었지만 아치를 몰랐던 사람들, 도로는 만들었지만 바퀴는 몰랐던 사람들, 금과 은을 제련했지

만 철은 몰랐던 사람들, 죽은 이를 기리는 제문은 읊었지만 문자가 없었던 사람들, 어느 순간 흔적만 남기고 사라진 사람들.

이들이 만든 문명에 감탄하고 싶다면, 주저 말고 마추픽추 탐험에 나설 것!

리마,
맛있는 음식이 가득한 군것질 천국

　　　　　　　　　리마는 크게 센트로 지구와 미라플로레스 지구로 나뉘는데, 번화하지만 낡은 센트로는 약간 위험한 대신 싼 숙소가 많고, 미라플로레스는 깔끔하고 안전하다지만 모든 것이 비싸다. 많은 사람이 "거기 위험하지 않아요?"라고 묻는 남미 땅에서의 본격적인 여행의 시작에 너무 큰 문화충격은 피하기 위해 숙소는 미라플로레스에 잡고 센트로 구경에 나섰다.

　미라플로레스에서 센트로로 가기 위해 라르코 거리에서 "타크나~ 타크나타크나나타크나~"를 외치는 버스를 잡아탔다.

　타크나 거리에서 내려 산마르틴 광장 근처를 어슬렁거리는데, '아니! 이 고소한 냄새의 정체는 뭐지?' 하고 둘러보니 커다란 감자 덩어리가 눈에 띈다. 그것은 바로 남미의 대표 음식 중 하나인 파파레예나 Papa Rellena ! 파파레예나는 야채와 고기를 쪄서 으깬 감자 안에 넣고 튀긴 것으로 크림소스나 매운 칠리소스와 함께 먹는데 나는 이걸 먹고 이런 생각을 했다.

　파파레예나만 먹고 평생 살 수도 있을 것 같아!

　완전 맛있었다. 그리고 내가 단언하겠다. 파파레예나는 남미 어느

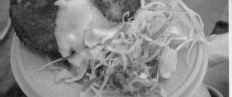

나라에서나 먹지만, 리마의 센트럴에서 파는 것이 가장 크고, 싸고, 맛있다.

감자 한 덩이를 먹고 화장실만 잠깐 사용하려고 들어간 호텔의 지배인이 일본어를 하는 바람에 한국어 몇 마디를 가르쳐주느라 시간을 살짝 소비하고 차이나타운으로 향했다.

차이나타운으로 들어가는 횡단보도에 서 있는데 현지인 아줌마가 나를 톡톡 친다. 무슨 일인가 했더니, 옆으로 걸친 나의 가방을 가리키며 자기처럼 앞으로 매란다. 그리고 손에 든 카메라도 가방에 넣으란다. 차이나타운 자체는 위험하지 않지만 그 길목에서 소매치기를 당하는 일이 많다는 이야기를 이미 들어 긴장을 한다고 했는데 현지인이 지적하는 것을 보니 영 허술해 보이는 모양이다. 가방을 단단히 여미고 주위를 살피며 차이나타운 입구에 다다랐다.

차이나타운은 왜 차이나타운이라고 불리는지 알 수 없을 정도로 현지색이 강하다.

두꺼운 팬에 달달 볶은 볶음밥을 메인 메뉴로 내놓은 식당이 대부분인 것을 보니 아마도 이것이 중국 전통 음식이라고 우겨보는 모양이었다. 누들+볶음밥+음료 세트가 거의 5~7솔SOL로 배부른 한 끼가 3천 원 정도이니 우리나라에 비하면 싼 가격이지만 쿠바에서 250원짜리 피자 먹던 나에게는 이곳 물가가 서유럽보다 비싸게 느껴진다.

식당을 나서는데 갑자기 비가 온다. 페루의 7~8월엔 '가루아'라는 안개가 잦긴 하지만 비가 오는 일은 드물다던데 리마에 있는 내내 비가 온다.

비가 계속 오락가락하긴 했지만 이왕 나왔으니 비를 좀 맞더라도 돌아다녀 볼 요량이다. '해가 쨍했으면 광장을 둘러싼 노란색 건물들이 이렇게 우중충해 보이진 않았겠지?' 하는 생각을 하며 아르마스 광장 정면의 대통령 관저를 유심히 살펴보았다. 왜냐하면 대통령 관저에 꽂혀 있는 태극기가 영 어색했기 때문이다. 여백의 미를 너무 살린 나머지 아주 큰 얼굴에 눈, 코, 입이 심하게 몰려 있는 사람을 보는 기분이랄까. 남의 나라 국기로 개그를 치다니! 정의의 이름으로 철창에 매달려 대한민국의 국기가 어색하다고 외치고 싶었지만 경계가 삼엄하여 포기.

대통령 궁 맞은편 노란 건물들 사이 가장 큰 길은 옷 가게, 신발 가게, 먹거리 파는 가게들이 즐비한 라우니온 거리다. 이른바 젊음의 거리! 마침 겨울 준비라고는 전혀 해 오지 않은 터라 옷 가게들을 몇 군데 들어가 보는데 마땅치가 않다. 남미의 겨울은 남미에 가서 준비하자는 생각이었는데 이렇게 난감할수가. 옷 소재가 대부분 청이다. 그리고 가장 많이 볼 수 있는 옷차림도 청바지에 청 재킷 세트. 그것도 파란 크레파스

를 힘주어 쥐고 칠한 듯한 느낌의. 페루의 멋쟁이들은 새파란 디스코 청바지에 청 재킷을 입는다. 이게 바로 라우니온 패션.

스키니는 아닌데 그냥 몸에 붙고 발목이 좁아지며 밑위가 긴 배바지가 유행이라는 것은, 엉덩이 크고 허벅지 두껍고 다리가 짧은 체형으로서는 상당히 유감스러운 현상이다.

나의 라우니온 패션은 소화불량에 걸렸기 때문에 겨울옷 쇼핑은 포기했지만 먹을거리 탐방은 끝이 없다. 이 거리 끝

에 리얼로 감자칩 파는 곳을 발견하고는 흥분을 참지 못하고 어느새 또 감자튀김 한 봉지를 쥐고 있다. 두툼하게 썬 감자를 그 자리에서 튀겨주는 감자튀김을 냠냠바삭바삭맛있네맛있어 하며 먹다 보니 공장에서 튀겨 나온 종잇장처럼 얇은 감자칩을 다시 먹을 수 있을까 싶어진다.

센트로가 값싼 군것질을 잔뜩 할 수 있는 곳이라면 미라플로레스는 럭셔리한 카페에 앉아 태평양의 석양을 바라보며 에스프레소 한

잔을 즐길 수 있는 곳이다. 미라플로레스는 백인들이 많이 거주하는 신시가지로 리마의 중요한 위성도시이자 사회적 중심가, 고급스러운 주택가, 제2의 번화가를 이루며 태평양과 닿아 있다.

바다가 한눈에 보이는 전망 좋은 곳에 메리어트 호텔과 멕시코의 억만장자 카를로스 슬림의 통신 회사 텔멕스 건물이 쌍둥이 빌딩보다 더 위풍당당하게 서 있고, 강남이라고 해도 손색이 없는 쇼핑몰과 영화관, 레스토랑과 카페가 가득한 그들만의 천국, 미라플로레스.

바다를 왼쪽에 두고 하염없이 걷다 보면, 파도를 거슬러 서핑하는 사람들이 비 오기 전에 줄지어 집으로 가는 개미 떼처럼 바글바글한 모습도 볼 수 있다. 돈 많은 미국, 유럽 사람들이 남미에 휴양하러 온다더니 메리어트에 묵으면서 서핑하고 그러나 보다. 추울 거야. 흥, 부러우면 지는 거야!!!

라우니온 거리에서 사지 못한 겨울옷을 사기 위해 파르케 ^{Pargue,} 공원 근처의 백화점에 들렀다. 편하게 입을 수 있는 따뜻한 옷이 필요했다. 그렇다면 추리닝이지! 마침 곧 봄이라서 백화점은 겨울 상품 세일 중. 30% 세일가에 입을 만한 것을 골라잡았다. 눈으로 봤을 때는 몰랐는데, 입고 걸으니 옆 솔기가 자꾸만 앞쪽으로 돌아 나오는 것이, 이 추리닝은 리바이스 뉴엔진 시리즈 트위스트 라인이었어! 문제는 한쪽만 그렇다는 것 정도?

리마의 택시는 회사 단위로 운영되는 오피셜 택시와 일반 개인택시로 나뉜다. 오피셜 택시는 정해진 요금표를 가지고 있으며 기사도 깔끔한 제복을 입고 GPS도 장착되어 있어 안전한 편이지만 비싸고, 일반 택시는 미터기가 없기 때문에 타기 전에 꼭 가격 협상을 해야 한다. 시내에서의 이동에는 미크로라고 불리는 미니버스를 이용할 수 있는데 승합차를 생각하면 된다. 버스 정류장이 따로 있지는 않으며 번호판이 붙어 있긴 하지만 여행객에게는 무용지물. 미크로 버스의 앞 유리창과 차체 옆면에 그 버스가 가는 길 이름이 쓰여 있고, 모든 버스엔 차장이 있다. 지나가는 버스의 차체를 유심히 보는 것과 차장이 쉴 새 없이 떠드는 목적지 중에 내가 갈 곳의 길 이름이 포함되어 있는지 잘 들어보는 것이 버스 탑승의 관건이며, 손을 들어 아무 데서나 타고 내릴 수 있다.

리마의 교통

Lima Centro

파라카스 바예스타 섬,
가난한 갈라파고스

나라에서 시켜주는 정도의 교육만 받았다면 누구나 생물 시간에 들어보았을 그곳, 갈라파고스. 갈라파고스 군도는 에콰도르령 제도의 살아 있는 자연사박물관이라 불리는 열아홉 개의 섬을 말한다. 1835년 영국의 생물학자인 찰스 다윈이 비글호로 이 제도를 탐험한 이래, 그 독특한 생물상이 널리 알려졌다. 풍부한 고유종 생물들이 다윈의 진화론에 영향을 주었다고 하며, 오늘날엔 그곳을 생물진화의 야외 실험장이라고 할 만큼 그 가치가 부각되어 여행자들도 많이 찾고 있다. 하지만 그곳을 방문하려면 비용이 너무 많이 든다.

그래서 꿩 대신 닭, 사람 손이 닿지 않은 곳, 다양한 동물들이 서식하지만 상대적으로 접근이 용이하고 저렴한 페루의 바예스타 섬이 그 대안으로 떠올랐다.

파라카스의 바예스타 섬이 '리틀 갈라파고스' 혹은 '가난한 자의 갈라파고스The Poor Man's Galapagos'라고 불리는 이유.

바예스타 섬 투어는 아침 일찍 시작된다. 선착장엔 이미 수많은 사람이 줄을 서 있고 주변에는 펠리컨들이 관광객이 주는 먹이를 먹기 위해 고개를 빼고 동네 노는 형들처럼 어슬렁거리고 있었다. 미코노스 섬에서 봤던 녀석들은 너무 커서 무서웠는데 이 녀석들은 크기가 작아서 무섭지는 않았지만 냄새가 고약해서 가까이하기엔 너무 먼 당신들이었다.

투어 비용에 포함되어 있지 않은 선착장 이용료를 내고 배에 올라타 가장 먼저 도착한 곳은 칸델라브라 섬. 모래언덕인 이 섬에는 촛

대 모양의 지상화가 그려져 있다. 지금으로부터 최소 2500~3000년 전에 그려진 것이라는데, 바람만 불어도 날아가는 모래에 그려진 그림이 3천 년 동안이나 그대로 유지되고 있다는 것이 신기할 따름이다. 비가 오지 않는 기후 조건 속에서 석회질과 산화철이 모래와 뒤엉켜 원형이 유지된단다.

　나스카 라인에 별 관심이 없어서 나스카는 들르지 않으려고 했는

데 여기서 우연찮게 지상화를 보니 바예스타 섬이 가난한 자들의 갈라파고스라면, 칸델라브라 섬은 가난한 자들의 나스카가 아닐까 하는 생각이 든다.

칸델라브라 섬을 지나치면 눈앞에 바위섬들이 나타난다. 앞쪽 바위섬은 하얗게 보이고, 옆쪽 바위섬은 까맣게 보인다. 까맣게 보이는 섬은 바위가 까만색이어서가 아니라 새들이 입추의 여지 없이 들어차 있기 때문이라는 가이드의 설명에 경악한다. 정말 무턱대고 시커멓기만 한 것이 아니라 자세히 보니 뭔가 꼬물거리는 것이 헤아릴 수 없을 정도로 많은 개체의 밀집도가 놀라울 뿐이다. 쟤들은 답답하지도 않은가.

그러면 가까이에 있는 하얀색 바위섬은 새가 없어서 하얗게 보일까? 땡! 배가 섬에 가까이 다가갈수록 무언가 궁금한 냄새가 나기 시작한다. 그리고 배가 섬에 완전히 가까워지면 섬이 하얗게 보이는 것은 바로 새똥 때문이었다는 것을 눈보다 코가 먼저 깨닫는다.

바위에 뾰루지가 난 것처럼 뾱뾱 솟아 있는 것이 모두 새고, 하얀 페인트를 쏟은 것 같은 물질은 모두 새똥이니 바예스타 섬의 별칭이 새똥섬이 된 것은 너무나 당연한 일이다.

다양한 종류의 새 다음으로 많이 볼 수 있는 것이 물개다. 소개
책자에는 배가 다가가면 물개들이 일제히 포효하는 소리가 시끄럽
다고 되어 있는데 '일제히'라고 부를 만큼의 물개가 서식하고 있지
않았고, 그나마 있는 물개들은 원래 여기 살았던 녀석들이 아니라
동물원에 있다가 수명이 다해 퇴출된 것처럼 병들었거나, 상처가 있
거나, 늙은 녀석들뿐이었다. 배가 다가가자 자는 줄 알았던 한 마리
가 서운치 말라는 정도의 울음소리를 내주었을 뿐이다. 개체 수로
물개가 이 섬에 서식하는 동물 2위인데 1위와 차이가 너무 심하게
난다.

투어를 신청하면서 직원에게 다짐받은 내용이 하나 있었는데, "훔
볼트 펭귄은 많이 볼 수 있나요?"가 바로 그것. "Of course!"라고 호
기롭게 말했던 직원 녀석에게 속았다는 것을 가이드가 설레발을 치며
저것 보라고 한 것이 바위일 뿐인 것 같아 의아해하다가 그것을 카메
라 24배 줌을 당겨서 보고 비로소 펭귄이구나 했을 때야 알았다.

왜 움직이지도 않아! 펭귄 인형을 세워둔 건 아니겠지! 달랑 세 마
리의 펭귄이 시큰둥하게 서 있는 모습을 보니 개체 수 2위와 3위 간
격차도 너무 많이 난다.

이 정도면 이곳은 '가난한 자의 갈라파고스'가 아니라 그냥 '가난한 갈라파고스'라고 하는 것이 더 맞겠다.

투어가 끝나고 뱃머리가 방향을 틀었다. 그리고 '물개 몇 마리랑 펭귄 세 마리로는 좀 아니잖아' 하는 생각을 하고 있는 그때 갑자기 새들이 한꺼번에 날아올랐다. 살짝 실망하고 돌아서는 길에 새들이 한꺼번에 날아오르는 장면이어서 그런지 그 모습 하나는 정말 장관이었다.

어렸을 때, 일요일 오전엔 항상 〈동물의 왕국〉을 봤다. 아빠 때문이었다. 아빠가 그걸 그렇게 열심히 보시더라고. 그 방송을 보면 간혹 나오는 장면이 바로 엄청나게 많은 수의 새가 한꺼번에 날아올라 일정한 대열을 지키면서 어디론가 향하는 모습이었는데, 그 모습을 눈앞에서 보다니! 수십만 마리의 가마우지가 바다 위를 수평 비행하는 모습을 보니 아빠 생각이 절로 난다.

바에스타 섬 투어

11~2월이 물개와 펭귄을 가장 많이 볼 수 있는 시기라고 한다. 산란기이기 때문에 물개들이 해변에 발 디딜 틈도 없이 올라와 있고 떼를 지은 펭귄들도 잔뜩 볼 수 있다니 시기를 잘 맞추어 가면 더 다양하고 많은 수의 동물들이 우리를 반겨주겠지!

Hostal del Barco
반가워요, 밥 말리.

와카치나,
사막에서 살고 싶어질 줄이야

        파라카스에서 피스코 시내까지 미크로를 타고 나오는데 차장 할아버지가 어디 가느냐고 묻는다. 이카에 간다고 하니 이 버스는 피스코 시내까지만 가고 거기서 팬 하이웨이까지 다른 차를 타야 한다며 자기가 차 타는 곳을 알려주겠단다. 어머, 친절하셔라. 그런데 이 할아버지, 나의 의견은 묻지도 않고 나를 막무가내로 택시 기사에게 인계했다. 미크로를 탈 거라는데도 가격이 똑같다며 짐을 트렁크에 실어주기까지 하는 과도한 친절을 베푸시는 바람에 본의 아니게 택시에 올랐는데, 그 택시는 반갑게도 티코!

하지만 반가움도 잠시. 티코 택시에 운전자 포함 여섯 명 탑승, 내 자리는 앞자리 가운데. 이게 뭐야.

택시에서 내려 팬 하이웨이 한가운데에 짐 가방을 들고 서 있게 되었다. 늘씬한 다리를 앞세워 엄지손가락을 치켜들고 히치하이킹이라도 할 수 있으면 좋으련만 섭섭한 다리 길 때문에 그저 조신하게 버스를 기다린다.

와카치나에 온 이유는 버기Buggy, 모래땅에서 달릴 수 있게 만든 사륜차 투

어를 하기 위해서였다. 버기를 타고 사막을 누비는 투어로, 진짜 신기루 같은 사막 한가운데 오아시스도 가고, 높은 모래 둔덕에서 판때기 하나 잡고 미끄러져 내리는 샌드 보딩도 하고, 언덕을 신나게 올라간 버기가 급경사 내리막을 예고도 없이 떨어지고, 끝없이 넓어

보이기만 하는 사막 이곳저곳을 거침없이 내달려 준다. 진정한 사막이 어떤 것인지 궁금하다면 트라이!

대부분의 사람들은 버기 투어가 끝나면 이 마을을 떠나지만 갑자기 이 사막이 마음에 들어버린 나는 투어가 끝나고도 한참이나 이 마을에 머물렀다.

맥주에 감자칩 한 봉지를 뜯어 먹으며 스페니시 책을 들춰보는 아침나절의 일상 걱정했던 것이 무색하게 공장에서 튀겨진 감자튀김도 여전히 맛있다!, 볕 좋은 정원에 앉아 음악을 듣기도 하고 빨래를 잔뜩 해서 널기도 하고 낮잠을 자기도 하는 것이 점심나절의 일상, 석양을 보러 모래언덕을 맨발로 올라가는 것이 저녁나절의 일상이다.

모래언덕을 오르는 일은 너무너무 힘들었다. 다섯 걸음쯤 올라가다 숨을 헉헉 몰아쉬고, 열 발자국쯤 뛰어 올라가면 주저앉아 쉬어야 했다. 더 이상 올라가지 못하는 곳까지 올라가서는 모래가 들어갈까 봐 신지도 못하고 들고 올라온 신발을 모래 둔덕에 고이 모셔두고, 그 옆에 쪼그리고 앉는다.

사막 저편으로 넘어가는 빨간 해를 바라보면서 그런 생각을 했다. 사막에서 길을 잃으면 그냥 죽어야겠구나. 끝도 없고, 해만 지면 이렇게 추워지는 사막. 너무나 경이롭고 아름다운 곳이지만 인간을 극한으로 치닫게 할 수 있는 곳.

차가운 모래바람이 등 뒤에서 불어온다. 해가 지면 사막의 모래는 정말 순식간에 식어버려 발이 시린 나머지 올라갈 때 그렇게 힘들었던 언덕을 와다다다 뛰어 내려오고야 만다.

모래바람에 입속이 모래로 지글지글하고, 주머니란 주머니엔 온통 모래가 가득하고, 세수할 땐 얼굴에 붙은 모래가 스크럽이 따로 없지만 그래도 이곳이 마음에 들었다.

오렌지색 등이 켜진 정원 테이블에 담요를 두르고 앉아 커피를 마시고 있는데 호스텔에 붙어 있는 레스토랑의 요리사 미구엘이 슬그머니 옆에 앉는다. 커피 더 먹겠느냐고 묻기에 그런다고 했더니 컵에 커피도 채워주고, 스페인어 강의도 자처한다. 고개를 바짝 들이밀고 무언가를 은밀하게 말하는데 알아듣질 못해 갸우뚱. 스페인어로 말하면 어떻게 해! 하지만 이내 모두가 퇴근하고 나면 자기가 근사한 저녁을 대접해주겠다고 하는 보디랭귀지를 완벽하게 이해했다. 오, 진짜진짜?

직원들이 모두 퇴근하자 미구엘은 정말 부엌에 조용히 불을 밝히고 닭고기와 파를 썰어 프라이팬에 볶은 다음 밥과 참기름, 간장으로 맛을 낸 아로스 콘 포요 Arroz Con Pollo, 닭고기 볶음밥를 완성했다.

영업이 끝난 불 꺼진 레스토랑 통유리창 앞에 촛불을 켜고 마련해준 자리. 비록 미구엘은 77년생이라고는 믿기지 않는 40대의 얼굴을 가졌지만, 로맨틱한데? 밥도 무이 리코Rico, 맛있는! 완전 맛있어!

'리코' 하니까 생각난 이야기.

미구엘이 내 카메라를 보면서 진짜 좋다고 부러워하더니 다음 날 낡고 큰 자신의 디지털카메라를 구경시켜준다. 카메라 속엔 미구엘의 가족 사진과 동물들 사진이 잔뜩 있었다. 오리, 닭, 각종 새들 사진 속에 사슴 비슷한 동물이 있기에 무어냐고 물으니 애완동물이라며 사랑스러운 눈빛으로 바라본다. 이에 장난기 발동.

"아! 리코!"

그러자 미구엘이 깜짝 놀라며 "리코? 노! 아미고! 프레~엔즈!!" 하며 질겁한다. 이 녀석 생긴 것과 다르게 순진한 구석이 있는데? 매력 있어! 흐흐.

떠나기로 한 날 아침, 미구엘이 밖으로 불러낸다. 몽땅 낙서인 레스토랑 벽 한구석 빈 자리를 가리키며 매직을 쥐여주고는 한마디 써달란다.

뭐라고 쓴 거냐고 묻기에 무식한 스페인어와 알아듣지도 못하는 한국어 작렬.

"음, 오스탈 바르코~ 무이 비엔! 미구엘~ 아미고 무이 아마블! 아로스 콘 포요~ 무이무이 리코! 최고최고~ 완전 짱~ 따라 해봐, 짱짱!"

한국에 있는 친구들에게도 한마디씩 적고는 긴 메일 대신 사진 한 장씩을 보내주었다. 그러고는 호스텔 난간에 앉아 오아시스를 바라보며 수신을 정하지 않은 엽서 한 장을 쓴다.

이카 시내에서 택시를 타고 20분쯤 달리면 정말 오아시스 주변에 형성된 작
은 마을 와카치나가 있습니다. 이집트의 사막에 사막답지 않은 화려함이
있어 약간 당혹스러웠다면 여기 와카치나 사막은 생각했던 그대로의 사막
이에요. 금빛 모래가 사르르 바람에 날려 와 입안에, 바지 주머니에, 신발
에 지글지글한. 헉헉거리며 사막의 모래언덕을 세 개쯤 올라보면 찬찬히 여
기저기 모두 기웃거리며 돌아도 30분이 채 걸리지 않는 손바닥만 한 마을
와카치나가 있고, 저 멀리에 이카 시내가 희미하게 보이고, 바로 뒤를 돌면
끝도 없는 모래사막이랍니다. 저 끝에 사막이 아닌 다른 무언가가 있으리

라고는 상상을 할 수 없을 정도로 넓은. 다른 사람들은 이곳에서 반나절이나 하루쯤 머물고 떠나지만 저는 이곳에서 무려 일주일이나 지냈어요. 어두운 전등 아래 여섯 개의 침대가 있지만 다 차는 일이 없는 방도, 방문을 열면 바로 연결되는 작지만 따뜻한 정원도, 냄비 하나 프라이팬 하나가 전부인 소박한 부엌도, 멋스러운 음악이 흐르는 깔끔한 레스토랑도, 이곳의 친절한 사람들도 하루만 머물다 떠나기에는 너무나 아쉬워서 떠나고 싶을 때 떠나자 하고 눌러앉았더니 시간이 그렇게 흘러버렸지 뭐예요. 느지막이 일어나 빵과 우유, 과일로 아침 겸 점심을 먹고, 누군가 놓고 간 스도쿠에 집중하기도 하고, 파리의 셰익스피어 팩토리에서 산 『섹스 앤 더 시티』를 들춰보기도 하고, 가방 깊숙이 싸 들고만 다녔던 여행 책자들을 읽기도 하고, 그러다 졸리면 자고, 동네 한 바퀴를 돌면서 바람도 쐬고, 저녁 즈음이 되면 작은 부엌에서 스파게티를 만들어 먹거나 호스텔에 딸린 레스토랑의 테이블 하나를 차지하고 앉아 초코 케이크를 먹어치우거나 하면서. 언제나 여유로웠던 여행이었지만 이보다 더 느긋할 순 없다 모드로 이렇게 마음 편하게 있었던 적이 있나 싶어요. 세계 여행을 계획하고 나섰다가 반년 만에 당도한 이집트의 바하리야 사막과 사랑에 빠져 그 사막에 살고 있는 한국 여자를 만났어요. 그분처럼 이곳에 살게 될까 봐 오늘은 부지런히 짐을 쌌어요. 쿠스코로 갑니다.

쿠스코,
잉카 제국의 수도 - 그 맑은 날들의 감동

　　　　　　　잠 안 자고 떼쓰는 아기들도 엄마가 품에 안고 둥가둥가 얼러주면 다들 잠이 들지 않던가. 품에 안기면 귓전에서 느껴지는 엄마의 심장 소리가 엄마 배 속에 있을 때 들었던 것과 비슷하기 때문에 아기들이 편안함을 느껴서 잠이 든다는 이야기를 어디선가 들었는데.

　나는 아마도 엄마의 심장 소리보다 자동차의 엔진 소리와 코드가 더 잘 맞는 게 아닌가 싶다. 차만 타면 잔다. 지금까지의 수많은 장거리 이동과 야간 이동에서도 어지간하면 눈을 붙였던데……. 바로 이 길, 이카에서 쿠스코로 가는 그 길, 구불구불구불구불거리며 안데스 산맥 해발 3399m까지 올라가는 내내 낭떠러지가 눈앞에 아른거리는 절대 잊을 수 없는 길. 대관령 옛길이 낭떠러지 옵션까지 달고 15시간 동안 계속된다고 하면 믿을까?

　버스가 산맥을 오르느라 구불거리는 길을 턴할 때마다 몸이 통째로 이리 쏠리고 저리 쏠리는 데다, 고도가 높아짐에 따라 자면서도 귀가 먹먹해져 이퀄라이징을 해야 하는 시추에이션 플러스 사나운 꿈까지 꾸었다. 갑자기 나타난 변태를 무찌른다고 자다가 옆 사람을

발로 뻥! 차는 바람에 내가 혼자 놀라 잠에서 깼을 때에도 나는 여전히 구불거리고 있었다. 동이 트고 날이 밝았는데도 구불거리는 중이라 운전기사 아저씨 팔 빠지겠다 싶을 즈음, 이카에서 출발한 지 정확하게 15시간 만에 쿠스코에 도착했다.

　쿠스코에 오기 전에 가장 걱정됐던 부분이 바로 고산병. 해발고도 3000m 이상으로 올라갔을 때, 기압이 내려가는 동시에 공기 중에 산소 분압이 떨어져 몸이 제 기능을 발휘하지 못하는 증상을 말한다. 걱정이 돼서 고산병 약을 구하려고 이카에서 약국 몇 군데를 돌아봤지만 구할 수가 없어 그냥 왔는데 다른 건 몰라도 몸뚱이 하나는 제대로 여행가 체질이라는 거지.

태양이 가까워졌다는 것이 눈으로 보이고 옅어진 산소를 호흡으로 느낄 수 있다는 것이 그저 새로운 모험이며 신기한 체험이었으니 말이다.

고산 적응 첫째 날엔 아르마스 광장에서 숙소까지 가는 길이 정말 완만한 오르막이었음에도 불구하고 숨이 헉헉 차는 것이, 숨 달린다는 말은 후르가다 물속에서 공기탱크에 공기 10바 남았을 때만 하는 말이 아니구나 하는 걸 알 수 있었다.

쿠스코와는 아르마스 광장에 다다른 그 즉시 fall in love. 맑은 하늘에 깃발 무지개가 두구둥 떠 있는 모습이 한없이 사랑스러웠고, 나는 한 걸음 떼기가 힘든데 팔짝팔짝 뛰어다니는 꼬맹이들이 너무나 대견스러웠으며, 천천히 그리고 깊게 들이마신 숨이 참 달기까지 했으니 말이다. 어쩌면 이것이 고산병 증세 중 하나인 정신 혼미 상태였다고 할지라도.

쿠스코는 고산 적응을 핑계로 어슬렁거리기에 딱인 곳이다. 아르마스 광장을 중심으로 현대식 마트도 여러 곳 있고, 별별 것을 다 파는 재래시장도 멀지 않으며, 광장을 내려다볼 수 있는 곳에 위치한 카페나 레스토랑 또한 훌륭하다. 물론 관광객으로서의 의무도 소홀히 하지 않도록 성당, 미술관, 박물관, 민속춤 공연장도 광장 주변에 몰려 있기 때문에 몇 날을 머물러도 할 일이 있고, 부르지 않아

도 갈 곳이 많은 도시다.

　게다가 길거리 식당에서는 갖가지 야채가 푹 고아진 사골 국물이 부럽지 않은 영양 만점 소파Sopa 한 대접과 엄지손가락보다 두꺼운 쇠고기, 감자튀김, 야채를 볶아 밥과 곁들여 주는 로모 살타도Lomo Saltado 한 끼를 천 원이면 먹을 수 있고, 우안차크 시장에 가면 우리 나라 청과물 시장에서도 보지 못한 다양하고 싱싱한 과일들이 믿기 지 않는 가격에 준비되어 있기까지!

　그러니 이 도시에서는 지루할 틈도 없지만 서두를 필요도 없고, 덤으로 주머니 가벼운 여행자들이라도 배고플 이유가 없다. 이 정도 면 10점이 만점이라 해도 100점을 주고 싶은 심정이다.

　이렇게 할 일 많은 쿠스코이기도 하지만 일정이 여유 있어야 하는 또 다른 이유가 있다. 바로 쿠스코 스트라이크!

　이른 아침부터 아르마스 광장은 물론이고, 가장 큰 대로인 솔Sol 길 이 끝에서 저 끝이 모두 사람으로 가득 차 있다. 이틀 전에 예고 된 파업이 시작된 것이다. 사람들이 외치는 구호는 알아들을 수 없 었지만, 심드렁한 사람도 많고, 별 열정 없이 립싱크로 흉내만 내는 사람도 많아 보여서 무언가 애가 타서 하는 파업이 아니라 그저 때가 돼서 하는 파업 같다. 그리고 파업 와중에 "아이스크림~ 아이스크 림~"을 외치는 사람을 비롯해 먹을거리를 들고 나와 파는 사람들이 많은 것을 보니 웃음이 난다. 시위하는 중에도 아이스크림이나 설탕 가루가 잔뜩 뿌려진 빵이 먹고 싶은 것은 어쩔 수가 없는 모양이다.

누군가들은 일을 접고 나와서 파업 중인데, 누군가들은 그 틈을 타서 돈벌이가 조금은 더 나아지는 아이러니하지만 상당히 수긍이 가는 경제행위 구조.

사실 쿠스코 파업은 잦은 편이고, 그때마다 가장 불편해지는 사람들은 발이 묶이는 여행객이지만 파업 자체를 길게 하는 경우는 별로 없다니 그 틈에 관광객도 공식적인 관광 파업 일정을 소화해보는 것도 나쁘지 않다. 어디서 오든 쿠스코 오는 길은 만만치가 않으니 우연한 파업은 일종의 보너스라고 생각하면 마음이 편할 것이다.

꾀병을 부린 것도 아닌데 오늘 하루 학원 안 가도 된다고 엄마한테 허락받은 기분으로 카페에 자리를 잡았다. 캐러멜이 잔뜩 올려진 비엔나 케이크와 초코 트러플, 달지 않은 아메리카노 한 잔, 그리고 그리운 사람들에게 쓸 엽서.

쿠바를 떠나던 날, 아바나 공항에서 만난 한국인 선교사 할아버지는 제가 한국인인 줄 몰랐다고 하셨어요. 대부분의 외국인들이 동양 사람 하면 일본인이나 중국인인 줄 알고 잘 구분도 못 하니까 그러려니 했는데 이 할아버지 특이하게도 남미 여자인 줄 알았다는 칭찬을 해주시지 뭐예요! 우와, 살이 좀 빠지긴 했지만 탄력 있는 구릿빛 피부에 커다란 눈, 짙은 눈썹, 도톰한 입술에 늘씬하고 글래머러스한 남미 아가씨로 착각할 정도는 아닌데 싶어서 "아유, 별말씀을요" 했는데…….

큰 머리, 넓적한 얼굴, 짧은 목, 떡 벌어진 어깨, 작은 키와 짧고 굵은 다리, 큰 발을 가진 모아이 석상같이 생긴 사람들이 마구 돌아다니는 리마 시내에서 '그 할아버지는 칭찬을 해준 게 아니라 대차게 욕을 한 거였구나' 싶었답니다. 할아버지가 30년 동안 산 곳은 브라질이나 아르헨티나가 아니라 코스타리카랬으니.

그 와중에 백색 외국인이 다가와 "돈데 에스타 엘 Where is"이라고 물어왔을 땐 너무나 굴욕적이었달까요? "I'm a tourist" 하자, 정말 미안하다며 황급히 사라지는 외국인의 뒷모습을 보고 페루 현지인과 구분이 안될 정도인가 싶어 이 사건을 'Peru Big Sorry 페루에서의 큰 유감'라고 명명하고 무덤까지 갖고 갈 비밀이라고 생각했는데 과장님께만 살짝 말씀드리는 거예요.

여기 사람들이 동양인이랑 비슷하게 생겼으니 충분히 있을 수 있는 일이라고 위안 삼습니다.

아! 이 나라에서는 우리나라에서도 이런 장면을 본 적이 있나 싶은 모습을 매일같이 본답니다. 리마, 이카, 쿠스코 시내를 달리는 차의 90%

는 티코예요! 이 나라 사람들 삼성 냉장고를 쓰고, LG 세탁기를 쓰면서도 삼성이나 LG가 한국 브랜드인 줄은 모르는데, 대우와 티코가 한국 브랜드라는 것은 너무나 잘 알고 있어요.

"너 어디서 왔니?" 물어 "South Korea"라고 하면, "다에우!" 혹은 "티코!" 하며 엄지손가락을 치켜드니 괜히 우쭐해지기까지 한답니다. 더욱 신기한 것은 그 티코에 대여섯 명씩은 타고 다닌다는 거예요!

이 때문에 "페루 남자 어떠니?"라는 것보다 더 난감한 "한국에서는 티코가 얼마니?"라는 질문도 자주 받아요. 정말 저도 궁금하네요. 한국에서 티코가 얼만가요?

주변에서 남미는 위험하다는 얘기들을 하도 많이 해서 걱정이 컸는데, 유럽 사람들보다 친절하고 터키, 이집트 사람들보다 순박하고 비록 모아이 석상처럼 생겼지만!, 티코에 열광하는 페루 사람들 덕분에 아직까지는 남미 여행이 너무나 즐겁답니다.

공중 도시 마추픽추,
시간 속에서 살아 숨 쉬는 그곳

새벽 너무 이른 시간이라 사람 없어 무서우면 어쩌지 고민했는데 웬걸. 사람들 줄이 끝도 없다.

회사에 다닐 때 나는 6시쯤 일어나서 7시에는 집에서 나왔다. 그런데 이미 그때도 쓰레기를 치우는 사람들이 있고, 바쁜 출근길을 재촉하는 사람들이 있고, 무슨 용무가 그렇게 많은지 지하철은 앉을 자리 하나 없이 빽빽했다. 새벽 6시부터 하루를 시작하며, 나는 참 부지런한 것 같아!라고 생각했는데 나보다 먼저 하루를 시작한 이들이 이렇게 많아버리면, 길에 나서 사람들을 만나는 순간 아, 나보다 부지런한 사람 천지구나 하고 생각하게 되는 것이다.

그 긴 줄을 보며, 세상엔 참 부지런한 사람이 많구나 또 한 번 느꼈다. 나 5시 반 첫차 타려고 4시에 일어났는데 당신들, 안 잔 거야?

마추픽추에 대한 해석은 여러 가지가 있다. 군사를 훈련해서 후일 스페인에 복수하기 위해 건설한 비밀 도시라고도 하고, 자연재해, 특히 홍수에 대비해 고지대에 만든 피난용 도시라고도 한다. 발견된 유골의 90%가 여자 혹은 어린아이들의 것이었다 해서 왕을 위한 처녀들의 수련 장소였다고도 하고, 최근에는 마추픽추는 실제 도시가

아니라 안데스인들의 우주관과 상징적으로 연결된 순례 중심지라는 가설도 나왔다. 어떤 것이 진짜인지 알 수 없을 때에는 가장 믿고 싶은 것을 믿으면 된다.

늙은 봉우리, 마추픽추는 잉카인들이 스페인의 공격을 피해 산속 깊은 곳으로 숨어들어 만든 그들만의 오래된 세상이라고 보는 견해에 한 표. 아래쪽으로 보이는 천길 낭떠러지 우루밤바 계곡과 병풍처럼 둘러쳐진 눈앞의 깊은 산세에서 숨어들었던 그들의 마음이 느껴지기 때문이다.

마추픽추에 들어서면 가장 먼저 가파른 경사에 자리 잡은 40여 단의 계단식 밭 위에 서게 된다. 배 타고 고기 잡으러 나갔다가 태풍을 만나 배가 침몰해 죽은 이들이 있는 것처럼, 밭 매러 나갔다가 강풍에 계곡 아래로 날아간 사람들도 있었으리라, 하는 잡념도 함께. 라마들의 식탁으로 변한 도시의 광장에 다다르면 정면으로 보이는 고깔 모양의 산등성이가 있는데, 그 산등성이를 보면 이런 생각이 든다.

저곳에 오르면 마추픽추를 굽어볼 수 있을 것만 같아!

그 생각은 나만 한 것이 아니었는지, 사람들은 그 산등성이 꼭대기에도 잉카인들이 지어놓은 요새가 있다는 것을 찾아냈다. 거길 기어 올라가서! 굳이!

그 봉우리가 바로 마추픽추와는 반대되는 뜻의 젊은 봉우리, 와이나픽추. 입장은 아침 7시 반부터 가능하며 계절에 따라 차이가 나지만 하루 입장객을 400~500명 정도로 제한하고 있기 때문에 재빨리 줄을 서야 한다.

와이나픽추의 입구에서는 장부에 이름과 나이, 국적 등을 쓰고 짐 검사를 받는다. 쓰레기를 버리지 못하도록 물을 제외한 음식물을 갖고 들어갈 수가 없게 되어 있어 옷으로 둘둘 말아 꽁꽁 감춘 과일 봉다리를 뺏겼다. 이미 보관대엔 검사원의 전리품들이 빼곡하

여 자리가 없어 바닥 신세로 두고 과일 봉지와 눈물의 이별을 한다.

오르는 길은 정말 정직하게 오로지 오르막이며, 좁고 가파르기까지 한 외길이기 때문에 오르고 내리는 사람이 맞닥뜨리면 가위바위보를 해서 진 사람이 절벽에 매달려 있어야 한다.는 건 농담이고, 그런 경우엔 이리저리 요령껏 피해주어야 한다. 위로 올라갈수록 길은 기어 올라간다는 말이 맞을 정도로 가파르다.

와이나픽추 유적지를 지나 꼭대기까지 올라가면 난간도 없는 그냥 쌩바위가 있고, 그 위에서 마추픽추를 바라보면, 올라오면서 힘들었던 기억은 레드 썬! 다 잊게 된다.

산 아래에서는 절대로 보이지 않기 때문에 공중 도시라고 불리는 마추픽추이지만 사실 와이나픽추 꼭대기에서 보면 이 도시는 정말로 공중에 떠 있는 것처럼 보인다. 조각칼로 정교하게 깎은 우주기지의 조감도를 보는 것 같기도 하고, 해상도 높은 위성사진 한 장을 보고 있는 것 같기도 하다.

우루밤바 계곡에서부터 이어진 열세 개의 고갯길과 마추픽추가 한눈에 들어오는 모습을 보고 있자니 이 도시를 발견한 탐험가라도 된 듯 가슴이 벅차오른다. 16세기 후반 이 도시가 버려졌고, 그로부터 400년 이상 이 도시는 감추어져 있었다는데, 이 도시를 발견했다는 하이럼 빙엄은 마추픽추와 대면했을 때 무슨 생각을 했을까.

우루밤바 계곡에서 마추픽추에 이르는 고갯길의 이름은 마추픽추 발견자의 이름을 따서 '하이럼 빙엄 로드'이지만 실제로 하이럼 빙엄의 탐사대는 수풀로 우거진 계단식 밭을 기어올라 이 도시에 이르렀다고 하니, 내려가는 길엔 나도 수풀을 헤치고 가봐야겠다.

내려다보며 인구밀도가 얼마쯤 됐을까, 옛날에는 어떤 모습이었을까, 이곳이 고향이었던 이들은 세상이 이만하다 여겼을까, 수많은

생각이 머릿속을 차지했지만 그곳에 오래 있을 수는 없었다.

와이나픽추 꼭대기에는 벌레가 너무 많았기 때문이다. 까만 갑옷을 입은 것 같은 땅콩만 한 벌레가 어찌나 많이 날아다니는지 그들도 나를 공격하려고 달려드는 것이 아니라 그들의 밀도가 너무 높다 보니 내게 부딪히고 있는 것이 아닌가 싶을 정도였다. 꼭대기에는 난간이나 추락을 방지하는 보호 장치가 전혀 없으므로 벌레 쫓는다고 과도하게 휘적거리지 않는 것도 주의해야 하겠다. 순간 중심을 잃고 뷰포인트 바위에서 미끄덩 넘어진 외국인 아가씨 때문에 여럿 식겁했다!

와이나픽추는 꼭대기까지 끊임없는 오르막이고, 땅콩 갑옷을 입은 벌레도 잔뜩이고, 내려오는 길은 또 다리 후들거릴 정도로 끊임없는 내리막이지만 반드시 가봐야 하는 곳이라고 말하고 싶다. 여기까지 왔는데! 공중 도시의 명성을 두 눈으로 확인해야 함은 선택이 아니라 의무다.

지붕은 없어졌고 벽체와 기둥만 남아 있지만 똑같이 생긴 건물들이 열을 지어 서 있는 한쪽은 귀족들의 거주 지역이었단다. 돌을 그

냥 쌓은 것이 아니라 젖은 모래를 비벼 돌 표면을 매끄럽게 갈아 아귀가 착착 맞게 했다니 12각 돌이 있는 쿠스코의 성벽에서도 느꼈지만 잉카인들의 건축 기술과 섬세함은 놀랍기만 하다. 이 높은 곳에 이런 정교하고도 거대한 도시를 지어놓고 살았다니.

이 크고 무거운 돌을 이고 지고 이 산꼭대기까지 오를 힘을 가진 사람들이었지만 스페인군의 총칼 앞에서는 무력했을 그 삶들의 고단함이 내 어깨를 누르는 것 같았다.

마추픽추에서 가장 흥미로웠던 곳은 태양을 묶는 기둥인 인티와타나. 잉카인들은 천체의 궤도가 바뀌면 재앙이 온다고 믿었기 때문에 이를 막기 위해 해마다 동짓날에 이 돌기둥 위에 뜬 해를 묶어두는 의미로 기둥에 끈을 묶는 의식을 치렀다고 한다. 토속적인 믿음과 그에 기초한 의식 행위들은 지금 상상해보면 약간 시트콤 같긴 하지만 그 저변에는 항상 나름의 과학과 그럴 수도 있겠다 싶은 반신반의가 깔려 있어 나도 모르게 고개를 끄덕거리게 된다. 끄덕끄덕. 태양을 묶어둘 생각을 하다니 대단하다. 끄덕끄덕.

인티와타나에 손을 가까이 갖다 대면 태양의 기운을 얻을 수 있

다 하여 다들 한 번씩 쓰다듬는다. 돌을 만지면 빅뱅의 태양 같은 또리또리한 아들을 얻을 수 있을 것도 같았지만 자식을 얻는다면 딸이 좋겠다는 생각으로 돌 만지기는 패스.

　가장 높은 곳에 헛간처럼 생긴 파수꾼의 전망대에 앉아 마추픽추를 한참이나 내려다보았다. 길고 긴 과거 속으로 들어왔으니 그들이 살았을 삶을 희미하게나마 짐작해보는 것, 내가 할 수 있는 일. 엉덩이에 묻은 흙을 툭툭 털어내고 심호흡 크게 하고 다시 한 번 야무지게 둘러본다.

　내려오는 버스를 타기 위한 긴 줄을 무시하고 굿바이 소년이 되어 걸어 내려왔다. '굿바이 소년'이란 관광객을 태운 버스가 고갯길을

내려가면 어디선가 나타나 있는 힘껏 손을 흔들며 "굿바이~"를 외쳐주는 소년을 말한다. 관광객은 버스의 종착지까지 따라오는 이들 소년의 열렬한 배웅에 감복해 그가 내민 모자에 얼마간의 돈을 담아준다. 그 소년이 나타나고, 또 나타나고, 버스 뒤를 따라오는 것도 아닌데 같은 소년이 계속해서 나타나 굿바이를 외쳐주니 관광객들의 지갑이 열리지 않을 수가 없는 것.

버스는 구불구불한 길을 천천히 내려오지만 소년들은 직선으로 이어진 좁은 돌계단을 뛰어 내려오기 때문에 가능한 일이다. 그 돈을 벌기 위해 원치 않는 굿바이 소년들이 생겨나기도 하고, 학교도 빠지고 돈을 버는 일도 생겼다. 페루 정부에서는 아이들에게 앵벌이를 시킨다는 국가 이미지를 쇄신하기 위해 굿바이 소년 일을 방학 때만 할 수 있도록 하고 있어 점차 굿바이 소년 보기가 어려워지고 있다.

그러다가 어느 순간엔 갑자기 사라진 잉카인들처럼 굿바이 소년들도 전설 속으로 사라지겠지. 다행스러운 일이면서, 한편으로는 아쉽기도 한 패러독스.

돌계단을 펄쩍펄쩍 뛰어 내려와 버스를 타고 내려가는 사람들에게 손을 흔들어주었다. 아무도 나에게 팁을 주지 않았지만. 아! 버스비 7달러를 아꼈다.

50분쯤 걸려 돌계단을 다 내려오고도 약 30분 정도를 더 걸어야 문명으로 돌아올 수 있다. 나는 1시간 20분이 걸렸지만, 이 시간만 들이면 그 도시가 발견되기까지 걸렸던 무려 400년의 시간을 뛰어넘을 수 있다. 그런 의미에서 마추픽추 여행은 어떤 장소에 다녀온 것이 아니라 어떤 시간 속에 다녀왔다고 하는 것이 맞겠다.

돈데기리기리 돈데크만~ 시간 탐험대의 주전자 모양 타임머신이나 이상한 나라의 폴이 가진 뽕망치가 아니더라도 시간을 거스를 수 있는 방법을 나는 또 하나 알게 된 셈이다.

자연이 만들어낸 풍경이 아니라 사람이 만든 문명에 감탄하고 싶다면, 주저 말고 마추픽추 탐험에 나설 것!

마추픽추에 가는 방법에는 여행사를 통해 가는 방법과 스스로 찾아가는 방법이 있다.

여행사를 통해 마추픽추까지 트레킹을 해서 가는 '3박 4일 잉카 트레일'은 라이센스가 있는 투어 팀을 통해서 제한된 인원 하루 200명만이 할 수 있기 때문에 성수기엔 서너 달 전에 예약을 해놓지 않으면 이 투어에 합류하기가 하늘의 별 따기란다. 요즘엔 이런 전통 잉카 트레일을 비슷하게 본따 만든 '4박 5일 변형된 잉카 트레일'도 있고, 하루 만에 마추픽추를 왕복하는 투어 상품도 있다.

이런 여행사 투어를 이용하지 않는다면 이제 남은 방법은 스스로 찾아가는 것이다. 약간 복잡하기도 하고 돈이 아껴지는 방법도 아니지만 여

혼자서도 잘해요! 마추픽추 스스로 찾아가기

유 있게 마추픽추를 즐기기 위해서는 최선의 선택이다.

일단, 쿠스코에서 마추픽추로 가기 위해서는 [쿠스코-우루밤바-오얀타이탐보-아구아스 칼리엔테-마추픽추]라는 다단계 루트를 거쳐야 한다. 성수기에 반드시 예약을 해야만 구할 수 있다는 기차표는 [오얀타이탐보-아구아스 칼리엔테] 구간을 말하는 것이며 그 외 구간은 모두 버스나 개인 교통수단으로 이동할 수 있다. 기차표는 오얀타이탐보에서 구할 수도 있지만 도착해서 표가 매진될 경우가 있을 수 있으니 미리 쿠스코의 우안차크 기차역에서 사놓거나 페루레일 http://www.perurail.com 사이트에서 예약을 하는 것이 좋다.

티코가 있는 풍경.
그 많던 티코는
페루에서 제2의 인생을 사는 중.

삭사이와망,
쿠스코 시내 전경을 한눈에

일요일이면 큰 장이 서는 피삭, 왕족의 목욕탕으로 쓰였다는 탐보마차이, 쿠스코를 드나드는 사람들을 감시했던 요새 푸카푸카라, 쿠스코 북방의 요새 겸 제단이었다는 삭사이와망은 쿠스코 근교를 크게 한 바퀴 도는 것이기 때문에 하루 관광 코스로 딱이다.

그중에 푸카푸카라에서 삭사이와망까지는 4km 정도이니 슬렁슬렁 걸어도 1시간이면 충분할 것 같아 길을 걷기 시작했다. 길은 분명 하나인데, 길을 잘못 들어선 것이 아닐까 싶게 황량하고 외진 길이 예상했던 시간을 넘기며 계속된다. 양옆으로 깎아지른 듯한 바위가 높다랗게 자리 잡아 그늘진 커브 길을 조마조마한 마음으로 빠져나와서야 삭사이와망 초입의 작은 마을에 들어설 수 있었다.

가장 큰 돌의 무게가 350t에 달하고 그 길이도 9m에 이른다고 하며 채석장까지는 수십 킬로미터가 넘는 거리. 무엇보다 순전히 인간의 힘만으로 채석장에서 이곳까지 돌을 가지고 왔다니 입이 다물어지지 않는다. 그 돌을 끌어모은 것도 대단하지만 빈틈없이 정교하게 끼워 맞춘 것은 더더욱 대단하다. 잉카인들이 돌 쌓는 데 신통방통

한 능력이 있었다는 것에는 의심의 여지가 없다.

잉카인들은 하늘은 콘도르, 땅은 퓨마가 지배한다고 믿었기 때문에 그들 문명의 배꼽인 쿠스코를 퓨마 모양으로 만들었고, 이 삭사이와망의 지그재그 요새는 퓨마의 이빨 모양을 하고 있는 것이라니 비행기 타고 페루를 지날 때는 쿠스코를 꼭 눈여겨볼 일이다.

해가 넘어가면서 땅이 붉게 물들었다. 사람이 마소처럼 족쇄를 차고 상상할 수 없을 정도로 무거운 돌을 끌고 올라왔을 비탈길도, 스페인군과의 전투에서 죽은 잉카인들의 시체가 수도 없이 널려 있었을 공터도, 잠시나마 아무 말 없이, 아무 생각 없이, 아무 그리움도 없이 길을 걸어낸 내 마음도.

쿠스코에서 가장 높은 곳이 바로 삭사이와망이기 때문에 이곳에 오르면 쿠스코 시내 전경을 한눈에 볼 수 있다.

도시 참 촘촘하기도 하다. 어두워지면 걷기 위험할지도 모른다는 불안도, 점차 추워지고 있다는 생각도 잊고 한참이나 바라보았다.

사라진 잉카인들도 이 노을 속에서 하루를 마감했겠지.

그들도 나와 같은 노을을 보며 고된 하루를 마치고 잠이 들었겠지.

남미는 워낙에 땅덩어리가 크고 산악 지대가 많기 때문에 기차보다는 버스가 대중적인 이동 수단이다. 대도시 간 이동만도 7~8시간 정도 걸리는 일이 다반사여서 장거리 버스 시설이 상당히 좋은 편인데, 가장 좋은 서비스를 제공하는 오르메뇨나 크루즈 델 수르 같은 회사의 버스 요금은 페루 물가에 비해 상당히 비싼 편이다. 상대적으로 좀 싼 버스들도 대부분 2층 버스에 의자가 뒤로 젖혀지고, 다리 받침대도 따로 있는 정도의 시설은 갖추고 있으며, 구간과 비용에 따라 식사나 간식이 제공되기도 한다. 대부분 1층은 자리가 넓고 의자가 뒤로 거의 일자로 젖혀지는 카마 Cama 등급, 2층은 1층보다 자리가 좁고 젖혀지는 각도도 크지 않은 세미 카마 Semi Cama 등급으로 나뉘는데 당연히 카마가 세미 카마보다 비싸다. 버스 회사와 구간에 따라 카마보다 더 비싼 살롱 카마 Salon Cama 등급이 있는 경우도 있다.

Hola! 잉카 여인.

푸노,
볼리비아와 무비자 협정국의 여행자는 놓치고야 마는 곳

쿠스코의 버스 터미널에 가면, 푸노로 떠나는 다양한 가격대, 다양한 서비스를 사진과 말로 설명하는 버스 회사 부스들이 널렸으므로 여기저기 가격과 서비스를 비교해보고 부르는 값에서 적당히 깎아서 티켓을 사면 된다.

팁이라면, 버스는 사람이 가득 차든 절반만 차든 제시간에 출발해야 하기 때문에 싸게 사려면 출발을 목전에 두고 빈자리가 얼마 안 남은 버스를 찾으면 된다. 몇 사람만 차면 가득 차서 떠날 수 있기 때문에 표 파는 사람도 가격을 마구 후려친다. 하지만 우연히 그런 표를 구하면 다행이지만, 그런 표를 구하겠다고 무작정 버스 출발 직전에 가서 표를 구하기 시작한다면 운이 나쁠 경우 아예 자리가 없을 수도 있으니 주의.

미리 사놓은 내 표 가격보다 지금 막 와서 나보다 더 싼 가격에 같은 티켓을 산 외국 배낭여행객들을 부러운 시선으로 쳐다보다가 버스에 올랐다. 1등으로 짐칸에 짐을 넣고 1등으로 자리를 찾아 앉았는데 차장 언니가 올라와 좌석표를 보며 두리번거리더니 나를 포함 네 명을 정확하게 지목해서는 따라오란다. 무슨 일인가 싶어 따라 내려가니 카마 자리를 내주며 여기 앉으라는 것이 아닌가! 뭐라고 설명하는데 잘 알아듣진 못했지만, 우와! 횡재했다!

추측컨대, 비싼 카마 표는 다 안 팔리고, 싼 세미 카마 표만 막판에 몰려 현지인들에게 싸게 내 자리를 팔아버린 게 아닌가 한다.

비행기 티켓이 이코노미에서 비즈니스로 업그레이드가 되면 이만큼 기쁠까? 앗싸!

정직하게 8시간을 달려 새벽 5시 반, 푸노 도착. 새날이 밝았고, 방 값을 아꼈다.

푸노는 페루와 볼리비아의 국경도시로 여기 들른 이유는 단 한 가지다. 볼리비아 대사관에서 볼리비아 비자를 얻기 위해. 대한민국은 남미 대부분의 국가와 비자 면제 협약이 체결되어 있지만 안타깝게도 볼리비아와는 이 협약이 체결되어 있지 않다. 고로 이 도시에 도착하면 가장 먼저 해야 할 일이 볼리비아 비자를 받기 위한 준비를 하는 것이다.

볼리비아 비자는 한국에서 받을 수도 있지만 시간도 오래 걸리고, 비자 받는 데 드는 제반 비용을 본인이 지불해야 한다. 남미 대륙 안에서 볼리비아 방문은 대부분 육로로 이동하기 때문에 현지 국경도시에서 받는 것이 일반적이며 2008년부터 비자 수수료 30달러가 없어졌으므로 현지에서 받으면 무료다. 준비물은 비자 신청서, 여권과 여권 복사본, 황열병 예방 접종 증명서, 볼리비아 내 숙소 예약 증명서, 한국으로 돌아가는 혹은 남미 대륙에서 나가는 항공편 티켓 사본, 증명사진.

1. 비자 신청서 : 현지 대사관에 구비되어 있지 않기 때문에 본인이 준비해야 한다. 볼리비아 외교부 사이트 http://www.rree.gov.bo 에서 Documentos 클릭→Visas 클릭→Nuevo formulario de solicitud de Visas
2. 여권과 여권 복사본 : 6개월 이상 기한이 남은 여권이어야 한다.
3. 황열병 예방 접종 증명서 : 황열병은 바이러스를 가진 모기에게 물렸을 때 감염되며, 아프리카나 남미를 방문할 때는 황열병 주사를 맞았다는 옐로 카드 Yellow Card 가 있어야 비자 발급, 즉 입국이 가능하다. 예방할 수 있는 약은 없고 의약화된 생백신을 투여받아 면역 항체를 형성하는 방법밖에 없으며 주사는 국립의료원과 검역소에서 맞을 수 있다.
4. 볼리비아 내 숙소 예약 증명서 : 숙소의 주소와 예약금을 지불했다는 문구가 반드시 나와 있어야 한다.
5. 한국으로 돌아가는, 혹은 남미 대륙에서 나가는 항공편 티켓 사본 : 볼리비아에서 불법체류하지 않을 것이라는 가장 확실한 증명서는 이 대륙에서 나가는 비행기 티켓.
6. 증명사진 : 1매.

별다른 문제가 없다면 서류 준비해서 발급받는 데 3시간 정도가 소요된다.

페루는 정말 축제가 많은 것일까, 아니면 내가 정말 운이 좋은 것일까. 알록달록 우리나라의 한복 같은 의상을 입은 무리, 화려한 치어리더처럼 꾸민 무리, 만화 속에서 막 튀어나온 전사 복장을 한 무리를 보니 남미 최대의 코스프레라도 열린 것 같다. 다양한 의상을 갖춰 입고 춤을 추기도 하고, 행진을 하기도 하는 이 아이들의 정체가 궁금했다. 여학생들에게 오늘이 무슨 날이냐고 물었더니, 푸노 소재의 한 고등학교 축제일이란다.

아르마스 광장엔 발 디딜 틈도 없이 사람들로 가득했고, 광장을 거쳐 푸노 거리 곳곳에도 행렬이 끊이지 않았다.

우리나라 학교에 축제가 있다고 하면, 대부분 학교 내부에서 학생들만의 잔치인 경우가 많은데 이렇게 거리로 나와 학생들과 푸노 시민들이 다 같이 즐기니 신기하기도 하고, 부럽기도 했다. 우리나라도 고등학교 축제 때 여고생들이 원색의 소녀시대 스키니를 입고 지지지지 베이베베이베베베~ 춤을 추며 동네 골목을 행진하면 안 되는 건가! 나는 졸업했을 뿐, 나는 안 해도 될 뿐.

볼리비아와 무비자 협정이 맺어져 있는 나라의 여행객들은 페루의 쿠스코에서 볼리비아의 코파카바나 혹은 라파즈까지 한 번에 갈 수 있기 때문에 푸노에서 굳이 멈추지 않지만, 비자를 얻어야 하는 대한민국 여행객들은 이곳에서 적어도 하루는 머물러야 한다. 처음엔 참 귀찮았다. 비자 받느라 하루나 이틀쯤 버려야 한다는 생각이 들었던 것이 사실이지만 그 덕분에 이 도시에서 좋은 사람들을 만났고, 뜻밖의 행사도 구경했다.

불필요하다고 생각했던 것들이 의외의 반가움이나 볼거리가 되어주기도 한다는 것. 소소한 여행의 즐거움을 놓치지 말지어다.

티티카카 호수 위의 최연소 뱃사공.
이런 녀석이 효심이 깊구나,
티티카카 호수만큼이나.

티티카카 호수,
배가 다니는 세상에서 가장 높은 호수

푸른 실크 같은 티티카카 호수 위에 수 놓아진 듯한 토토라 갈대숲을 가르며 우로스 섬으로 들어가는 관문에 다다랐다. 초소의 현지인이 양팔을 흔들며 그들의 언어인 케추아어로 인사를 한다.

"카미사라키 Kamisaraki."

우리도 손을 흔들며 "카미사라키" 한다.

초소를 통과하니 관광객들이 타고 온 보트가 작은 단위의 우로스 섬마을 하나하나마다 짝을 지어 정박해 있는 모습이, 잘 만들어놓은 관광 대단지의 그것과 다를 바가 없다. 우리가 탄 배도 다홍 치마에 파란 저고리를 입은 원주민 아줌마들이 마중을 나와 손을 흔드는 섬 하나에 점점 가까워진다.

가이드의 지시에 따라 널따란 공터에 동그랗게 둘러앉았다. 태생도 그럴 것이고, 볕에 사정없이 그을리기도 했을 새까만 얼굴로 밝게 웃는 모습이 영락없이 순박한 현지 가이드 로사의 자기소개로 투어가 시작되었다.

로사의 케추아어 설명을 가이드 아저씨가 영어로 통역을 해주는

식으로 가장 먼저 티티카카의 발음부터 고쳐준다.

티티카카가 아니라 티틱학학.

ㅋ과 ㅎ의 중간 발음쯤으로 학학거리는데 나이 서른이 다 되어 처음 들어보는 그 발음은 절대 따라 할 수 없는 소리였다. 뭐, 그런 발음이 한두 개도 아니잖은가. ㅋ과 ㅎ을 짬뽕하고 ㄹ과 ㅎ을 자연스럽게 넘나드는, 내 혀와 목구멍은 낼 수 없는 소리들.

티틱학학? 티틱칵칵?

　로사가 학학거리는 사람들을 진정시키고 본인이 마지막으로 한 번 더 뽐내면서 학학거리고는 우로스 섬의 형성 과정에 대해 설명을 해준다.

　미리 준비되어 있는 젖은 짚단같이 생긴 것을 가리키며 이게 무엇인지 아느냐고 묻는다. 우로스 섬이 특별한 이유가 바로 이것의 정체다. 섬은 자연적으로 만들어진 것이 아니라 인간이 만든 인공 섬으로, 이 젖은 짚단으로 보이는 덩어리가 바로 토토라라는 갈대이고,

이 갈대 더미가 이 섬의 땅이다. 갈대를 격자로 쌓고, 얽고, 동여매서 물에 뜨는 땅을 만든 것으로 그 두께가 무려 1.5~3m에 이른단다.

덩어리로 묶여 있기 때문에 썩으면 덩어리째 버리고 다시 얽어 새 땅을 만든다니 땅이 필요하면 얼마든지 살아갈 땅을 만들 수 있다.

토토라로 만든 땅에 로사는 그녀의 남편과 함께 토토라로 집을 짓고, 토토라로 벤츠도 만들었단다. 전통 배 아루바 모형에 붙은 벤츠 엠블럼을 보며 그들의 재치에 박장대소를 한다.

시장을 설명하는 대목에서는 보따리를 든 아줌마들이 삼각형의 꼭짓점 끝에 서 있는 형상으로 대기하고 있다가 걸어 나와 한곳에서 만나 보따리를 펼치고는 서로의 물건들을 교환한다. 그런데 그녀들이 꺼내놓은 것들을 보고 깜짝 놀랐다. 감자, 곡물, 채소들이다. 이런 것들이 어디서 났을까.

이 갈대를 썩혀 얻은 토양에서 농사를 짓는다니 그 지혜에 우와!

잉카인들의 땅에 와서는 늘 그들의 천재성과 위트에 놀란다.

이번엔 가이드가 싱싱한 토토라 갈대 한 대씩을 나눠준다. 이걸로 무얼 하는지 궁금해하는 사람들 앞에서 가이드가 파머리같이 생긴 하얀 부분을 아그작 베어 물었다.

토토라는 땅도 만들고, 집도 만들고, 벤츠도 만들지만 섬에 사는 사람들에게 가장 중요한 수분 공급원이기도 하단다. 빗물을 받아 생활용수로 사용하고 수분 보충은 토토라로 대체한다고 해 나도 껍질을 깨끗하게 벗겨내고 한입 베어 먹어보았다. 딱히 못 먹을 정도이거나 특이한 맛이 나는 건 아니지만 너무 커다란 풀뿌리를 생으로 먹고 있다는 기분이 썩 좋지는 않다.

투어 온 미국인에게 애벌레는 우리의 가장 훌륭한 음식이며 귀한 손님께만 대접하는 거라고 하면서 먹여놓고 그날 밤에 코카콜라를 마시며 "그 미국놈 벌레 씹은 표정 봤냐?" 하며 깔깔거리는 나이키 운동화를 신은 원주민을 그린 만화 한 컷이 생각났다. 서…… 설마 그거 아니지?

그리고 이어진 퀴즈 타임!

토토라 한 덩어리를 들추어내어 커다란 돌이 매달린 새끼줄을 빠뜨리더니 물의 깊이를 맞혀보란다. 다양한 숫자가 나왔고, 나는 무슨 생각으로 그랬는지 3이라는 너무 소박한 숫자를 불렀더랬다. 로사가 새끼줄을 1m씩 꺼낼 때마다 다 같이 숫자를 셌다. 18까지 셌을 때, 환호를 지른 남자에게 토토라로 만든 아루바 모형이 주어졌

고 모두가 즐거워하여 박수를 쳐주었다.

투어 자체의 구성도 상당히 알찼고, 가이드도 완전 열의 있고, 현지 원주민들도 꽤 적극적인 재현을 보여주어서 남미에서 할 수 있는 투어 중 베스트 몇 손가락 안에 꼽을 만하다는 생각을 했다.

공식적인 설명이 모두 끝나고 본격적으로 남의 집 구경에 나설 수 있는 자유 시간이 주어졌다. 공식적인 투어가 끝났으니 옷을 갈아입은 아낙들과 가이드는 뒷정리를 하기 시작했고 그림처럼 구석에 앉아 있던 꼬맹이 계집아이는 귀찮다는 듯이 쓰고 있던 전통 모자를 벗어버렸다.

어디선가 잉카의 아이들에게 귀엽다고 주는 다디단 사탕이 치료받기도 마땅치 않은 곳의 아이들 이를 썩게 한다는 글을 보고 야심차게 준비해 간 과일! 가방에서 귤을 꺼내주니 고사리 같은 손으로 받아서 까먹지만 웃어주지는 않는다. 그래, 여자는 아무한테나 웃어주는 거 아니야. 그래도 같은 여자끼리는 너무 데면데면하게 그르지 마~

신발도 없이, 맨발로 자라는 아이. 발톱에 때가 끼고 까맣게 탄 발을 가졌지만, 아이야, 나는 어쩐지 지미추 구두를 신은 네 모습이 보이는구나. 미스 페루에 도전해보는 게 어떠니? 여자라면, 꼭 한 번 조국의 최고 미녀가 되는 꿈을 꾸어봐야 한단다. 세계 평화를 위해서 말이지.

토토라를 씹어 먹다가 카메라를 보고는 장난기 가득한 웃음을 만면에 띠고 손가락으로 렌즈를 쿡 찍으며 즐거워하는 너는, 그래! 너는 포토제닉을 노려볼 만해!

볼리비아로 떠나기

출발 시간을 1시간쯤 넘겨 4시가 다 되어서야 코파카바나행 버스가 출발한다.

페루와 볼리비아의 국경 마을인 융구요에 도착하면 폴리스 스테

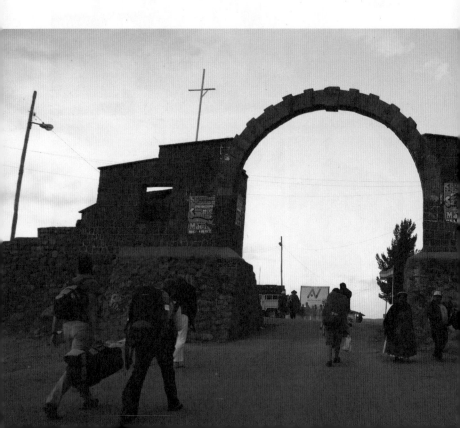

이션에서 여권 검사와 무범죄 증명 도장을 받고, 이미그레이션 오피스에서 출국 스탬프를 받는다.

그러고는? 이제 각자 걸어서 국경을 넘으면 된다. 낭만적이야!

쇠기둥에 걸어놓은 굵다란 노끈을 건너가는 것으로 국경 넘기가 시작된다. 저기 저 멀리 보이는 아치 모양의 문이 이 땅과 저 땅의 경계인가 보다.

천천히, 천천히, 제일로 천천히 걸어서 같은 버스를 탄 일행 중 가장 마지막으로 국경을 넘었다.

페루 참 좋았는데.

떠나는 그 길이 너무나 아쉽기만 해서 페루에서 보는 마지막 하늘, 페루에 지는 마지막 해를 오래도록 지켜보고 섰다가 한 발을 더 옮겨 볼리비아 땅에 들어섰다.

볼리비아

BOLIVIA

여행에서 아쉬움을 남긴다는 것은 어떤 뜻일까? 이 먼 곳까지 왔는데 아쉬움 한 톨 없이 하고 싶은 것, 보고·싶은 것 다 하고

다 보고 가면 얼마나 좋겠냐마는, 할 수 없는 것, 볼 수 없는 것은 존재하기 마련이다. 내게 우유니 소금 사막은 사실 볼 수

없는 것이었다. 이미 다녀왔지만 볼 수 없었던 것, 우기의 우유니. 여행에서 아쉬움은 그런 것이다. 언제 다시 갈 수 있을지

모를, 손에 쥐고 있는 많은 것을 버려야만 갈 수 있는 그 먼 곳에 다시 가야만 하는 이유.

코파카바나,
대륙 속의 섬나라 볼리비아의 바다를 꿈꾸는 도시

한 발자국 사이로 1시간이 빨라졌다. 오늘 하루는 23시간이며, 한국과 어쩐지 조금 가까워진 느낌이다. 볼리비아 이미그레이션까지 통과하고 나니 사방은 이미 깜깜해졌고, 날은 더욱 추워졌고, 타고 가야 할 차는 번듯한 버스에서 후진 승합차로 바뀌어 있었다.

이렇게 어디론가 끌려가도 이상하지 않을 법한 분위기이지만 외국인 용병 같은 청년들이 수두룩하고 또 여차하면 빼빼 마른 운전기사 하나쯤은 나라도 나서서 원 펀치 쓰리 강냉이로 처리할 수 있을 것 같아 크게 불안하지는 않다. 주변에 아무것도 없는 어두운 산길을 한참이나 달려 드디어 불빛이 드문드문 보인다. 볼리비아의 작은 국경 마을, 코파카바나에 도착했다.

밝은 날의 코파카바나는 정말 보석같이 빛났다. 눈을 뜨지 못할 정도로 강렬하게 빛나는 태양 아래 상인들이 팔고 있는 새하얀 뻥튀기는 마치 쌀쌀한 날씨 속에 소담스럽게 내린 눈 같았고, 볼리비아에 있는 성당 중에 가장 아름답다는 새하얀 벽을 가진 성녀의 성당은 잘 쪄진 백설기 한 조각 같았다!

하얀 벽체를 따르는 시선마다 눈이 부셔 아롱아롱 아지랑이가 피어올랐고 내부의 노란색, 파란색, 주황색 페인트칠 된 기둥과 천장, 화려한 샹들리에는 내가 지금 이베리아 반도에 와 있는 것이 아닐까 착각이 들 정도였다. 이슬람이 스페인을 정복하지 않았다면 볼 수 없었을 알람브라. 그 미묘한 정복자와 피정복자의 어우러짐을 글로 표현할 재간이 없음을 코파카바나에서 또 한 번 느낀다. 스페인이 여기는 이제 우리 땅이다,라고 영역 표시를 해놓은 이 무어풍의 성당을 피정복자의 나라 볼리비아에서 볼 수 있는 것은 과연 다행인걸까?

볼리비아는 사면이 대륙인 바다가 없는 나라다. 하지만 코파카바

나에서 티티카카 호수를 바라보면 이곳에 바다가 없긴 왜 없어 싶어
진다. 티티카카 호수의 수평선은 마치 바다의 그것처럼 끝이 보이지
않고, 바람 한 점 없는데도 수면에 일렁거리는 물결은 파도와 같다.
하늘과 닿은 호수의 경계에 떠 있는 낮은 구름은 부서지는 파도 거
품이나 마찬가지로 보인다.

　볼리비아에서 이 호수가 가지는 의미는 어떤 것일까.

　브라질, 파라과이, 아르헨티나, 칠레와 페루. 남미 대륙 대부분
의 나라와 접해 있는 대륙 속에 떠 있는 섬과 같은 볼리비아는 어쩐
지 외로울 것만 같은 나라다. 1800년대 후반 질산칼륨을 둘러싼 이
해관계에서 비롯된 칠레와의 전쟁에서 패하지 않았다면 볼리비아는

여전히 태평양 연안을 갖고 있었을 것이다. 그 바다에서 참치를 건
져 올렸을 것이고, 세계 각지에서 오는 선박이 정박하는 국제 항구
를 가졌을 것이고, 말끔한 세일러 수트를 입은 마린보이들이 씩씩하

고 당당한 걸음으로 나라 행사에 앞장섰을 텐데.
　아직도 그 바다를 되찾을 날을 위한 해군이 존재한다니 티티카카
호수는 아마도 바다를 꿈꾸는 대륙 속의 섬나라 볼리비아의 마지막
희망과도 같은 곳이 아닐는지, 옥수수 알알이 눈꽃처럼 튀겨진 달

달한 뻥튀기 한 봉지처럼 소박한 꿈 한 줌 같은 도시 코파카바나는 태평양 연안과 맞닿았던 잃어버린 안토파가스타 주州를 되찾기 바라는 볼리비아 사람들의 아리랑 같은 곳은 또 아닐는지.

로마군이 콜로세움에 물을 가둬두고 모의 해전을 치렀던 것처럼 볼리비아의 해군은 코파카바나의 티티카카 호수에서 훈련을 한다니 운이 좋으면 이곳에서 해군을 만날 수도 있겠다.

코파카바나는 작은 마을이지만 드나드는 사람이 많아 볼리비아의 각 대도시를 연결하는 교통이 잘 발달되어 있다. 라파즈로 가는 버스 또한 하루에 한 번 투어리스트 버스를 비롯해 로컬 버스가 다양한 시간대를 커버하고 있었다. 가격은 투어리스트 버스가 로컬 버스보다 두 배쯤 비싼 대신에 버스 시설이 조금 더 좋고, 라파즈까지 1시간쯤 덜 걸리며 시내에 조금 더 가깝게 데려다 준단다.

그래서 이번엔 나도 모험을 해보기로 했다. 투어리스트 버스가 출발하는 1시 반 직전에 표를 사면 좀 싸게 살 수 있을까 싶었던 것이다. 그때 싸지지 않거나 표가 없더라도 2시에 출발하는 로컬 버스를 타면 그만이다.

1시쯤 호스텔 바로 길 건너에 투어리스트 버스가 이미 도착해 있는 모습을 보고 표 값을 깎아보려는 음흉한 속내를 감추고 어슬렁거려보니, 아니나 다를까! 좌석표를 든 차장 언니가 어디 가느냐고 묻는다. 라파즈에 갈 거라고 하니, 딱 두 자리밖에 남지 않았다며 여행사에서 부른 가격과 같은 값을 부른다. 이미 알아봤지만 그 가격은 너무 비싸다며 로컬 버스 타는 곳이 혹시 어딘지 아느냐고 슬쩍 찔렀더니 이 언니, 너무 상세하게 잘 알려준다. 내가 원하는 시추에이션이 아니라 당황했지만 밀져야 본전이니 한마디 던져본다.

"5볼쯤 깎아주면……."

차장 언니는 고민하는 척을 하더니 "마지막 표니까" 하며 돈도 내지 않았는데 표부터 건네준다.

나는 표를 조금 싸게 샀고, 차장 언니는 버스를 꽉 채웠다.

낮은 둔덕과 드넓은 티티카카 호수를 끼고 달리는 길이 어찌나 아름다운지 부용산과 남한강을 끼고 달리는 호반 도로 국도 6호선은 저리 가라다. 하지만 기억을 더듬어보면 나는 그 길에서도 잤던 것 같다. MP3에서 흘러나오는 음악 소리와 엔진 소리를 자장가 삼아 자울자울 졸고 있는데 뒤에 앉은 청년이 내 어깨를 톡톡 치며 나를 깨운다. 벌써 다 왔나 했더니, 티티카카 호수를 배를 타고 건너야 하기 때문에 다 내려야 한단다.

진풍경이 눈앞에서 벌어졌다. 버스는 버스대로 나무로 짠 바지선을 타고, 사람은 사람대로 모터보트를 타고 호수를 건넌다. 섬사람이 난생처음 뭍으로 구경 나가는 양 신기한 경험에 혼자 들떠서 두리번거리는데 호수 가운데서 배가 멈췄다. 운전사가 몇 번이나 힘껏 작동줄을 당겨 시동을 걸어보지만 엔진은 키힝~ 힘없는 소리만 내다가 끝끝내 살아나지 못했다. 다른 배가 올 때까지 티티카카 호수에 둥둥 떠서 본의 아니게 뱃놀이를 하게 되었으니, 이 나라는 어쩐지 나에게 예상치 못한 경험을 잔뜩 하게 해줄 것만 같았다.

라파즈,
오래 머물 도시가 결정되는 찰나

버스는 승객들을 터미널이 아닌 그냥 길가에 아무렇게나 내려주었다. 투어리스트 버스는 무리요 광장에서 세 블록 떨어진 길에 내려준다고 했기에 사람들에게 무리요 광장이 어딘지 물었다. 다들 왜 택시를 타고 가라고 하는지 모른 채 그들이 가리키는 방향으로 걷고 또 걸었다.

이놈의 버스가 나를 무리요 광장에서 세 블록이 아니라 열몇 블록쯤 떨어진 곳에 내려주었다는 사실에 화를 낼 기력도 없어졌을 때에야 무리요 광장에 도착했고 거기서 몇 블록을 더 가서야 푸노에서 볼리비아 비자 받을 때 급하게 예약했던 호스텔을 찾을 수 있었다.

날이 아직 밝아 살짝 동네 구경을 해보려고 길을 나섰다. 라파즈는 도시 자체가 마치 거대한 시장 같았다. 시장이 끊임없이 계속 연결되고 없는 것 없이 그 어느 나라보다 풍요롭고 다양한 물건들이 넘쳐나는데 도대체 어디가 못사는 나라지?

패스트푸드점도 즐비하고, 자체 체인점으로 보이는 레스토랑도 많고, 생필품을 비롯해 과일, 옷, 액세서리며 화장품, 피규어에 이르기까지 어지간한 공산품은 다 모인 시장이 끝을 모르고 이어진다.

그중에 반가워해야 할지 욕을 해야 할지 모르겠는, 한글이 그대로 쓰인 한국 드라마 불법 복제 CD들까지 있으니 있을 건 다 있고 없는 것은 없다.

도시 자체가 살아 있다는 느낌이 이렇게 짧은 순간 강렬하게 든 곳은 여태껏 없었다. 수풀을 구불거리며 기어가는 굵다란 뱀처럼 시장은 꼬리에 꼬리를 물었고, 그 규모가 얼마나 큰지 이곳엔 모두 파는 사람만 있을 뿐 무언가를 사는 사람도 있나 궁금할 정도였다.

이 구경 저 구경을 하다가 로컬 음식점에 들어가 감자튀김과 소시지를 치즈와 사워크림으로 범벅을 한 살치파파와 햄버거 하나를 시켜 배가 터지게 먹어주었다. 어쩐지 이곳에서는 사치를 부려도 될 것만 같아 특별히 고급스러운 초이스.

맛있고 배부른 한 끼에 이 도시를 사랑해버린다. 나라는 인간은 유적지나 깨끗한 현대식 건물의 박물관, 미술관이 가득한 도시보다 좀 더럽고 복잡해도 흥미로운 물건이 잔뜩 쌓여 있는 시장이 끝도 없는 라파즈 같은 도시에서 더 흥분한다. 그것은 마치 빵모자를 눌러쓴 댄디한 소년보다는 땅바닥에 퍼질러 앉아 나무젓가락으로 고양이 똥도 쿡쿡 찌르고 개미도 집어 먹는 쪼끔 더러운 꼬마에게 더 정이 가는 뭐 그런 느낌? 인간이 워낙에 궁상맞은 성품을 갖고 있어서 그런가.

덕분에 시간 가는 줄 모르고 싸돌아다니다가 늦게야 호스텔로 돌아왔다. 수용 인원에 비해 샤워실이 부족해서 씻기를 기다리는데 한참이다. 1층에선 파티가 있는지 흥겨운 음악 소리와 웃고 떠드는 사람들 소리가 시끌시끌. 새벽 1시가 훌쩍 넘어서야 자리에 누웠는데도 침대의 절반쯤은 비었다. 다들 자려는 눈치인 것을 보고는 청년 한 명이 불을 꺼도 되느냐고 묻는다. 상관없어, 그래 등의 대답 속에

나도 무언의 동의로 눈을 질끈 감았고 방에 불이 꺼졌다. 이 도시에서 아직 하루밖에 있지 않았지만 오래 여행을 다니면 알게 된다. 그 도시에 오래 머물지, 금세 떠날지 결정되는 것은 정말 찰나라는 것. 라파즈 이 녀석, 오래 머물러줄 테다.

흐뭇하게 웃음 띤 얼굴로 잠을 청하는 시간, 불을 끈 지 5분이 지났을까, 10분이 지났을까. 조용히 방문이 열리고 키득거리며 들어오는 이들이 있었으니, 나지막하게 주고받는 말소리로 남녀 한 쌍임을 알 수 있었다. 그래, 뭐 장난도 치고 소곤거릴 수도 있지. 잠을 못 잘 정도로 시끄러운 것도 아닌데 괜찮아…… 응? 장난이 좀 과격한 거 아니니, 너무 까르르거리네…… 아악! 그 정도까지만 괜찮은 거야, 이것들아! 다른 짓은 안 돼! 여긴 무려 14인실 도미토리라고!!

우리 모두 얼음이다. 분명히 방금 전까지만 해도 밝은 등불 아래 돌아다니고, 제 할 일을 하고, 불을 꺼도 되겠느냐고 묻고, 그래 끄렴 하는 대화를 나누었던 우리 모두 그들에게 방해가 되지 않기 위해 배려를 하는 중이었다. 나는 심지어 분명히 어두울 테지만 눈도 뜨지 않았고 미동도 하지 않았다. 나쁜 녀석들이라고 속으로 욕을 한 것까지 기억이 나는데 어느 순간에 잠이 들었는지 모르겠다.

바닥에 머리 닿으면 자는 스타일이 아닌 이상 그날 그 호스텔 14인실에 있었던 우리 예닐곱 명은 모두 같은 뻘쭘함을 느끼지 않았을까? 그러니까 누구 하나 벌떡 일어나 버려! 하지 않았던 것이 아니냔 말이지.

못된 송아지 두 녀석의 엉덩이엔 다음 날 뿔이 나 있었다. 이 도시에서는 오래 머물겠지만, 이 호스텔에서는 어서 벗어나야겠다.

날이 밝자마자 가이드북에 있는 산프란시스코 성당 뒤편의 호스텔로 옮겼다. 들고 다니던 가이드북이 남미 가이드북 일본어판을 그대로 번역한 것이기 때문에 일본인들이 갖고 있는 그것과 언어만 다를 뿐 순서도 똑같고 사진도 똑같다. 덕분에 그 가이드북을 따라다니면 일본인들을 자주 만난다. 그 호스텔에서도 예외가 아니었다. 그 호스텔에 도착해서 만난 동양인이다 싶은 인간은 모두 일본인이었고, 그들도 나를 일본인으로 생각했다.

우스갯소리로 여행 중에 숙소를 잡을 때 일본인을 따라다니면 실속 있고 싼 곳에 갈 수 있고, 이스라엘 사람을 따라가면 무조건 세상에서 가장 싼 곳에 갈 수 있다고 하는데 그 말이 아주 틀린 말은 아닌 것 같다. 원래 있었던 곳과 시설은 비슷한데 가격도, 한 방에 묵는 인원도 절반 이하로 떨어졌다. 이제 못된 송아지들의 눈치 안 보고 이 도시에서 오래 머물러줄 생각이다.

할머니는 을이고,
내가 갑이라고요!

라파즈 야채 시장,
자존심만큼은 세계 최고

　　　　　　점심으로 산프란시스코 광장에서 살테냐를 사 먹었다. "너 이렇게 방탕하게 살 테냐?" 또는 "그 돈으로 무얼 살 테냐!" 하는 어이없는 말장난을 하고 싶게 만드는 이 음식은 치킨, 고기, 달걀을 채소와 함께 반죽에 싸서 굽거나 튀긴 것으로 우리나라의 속이 알찬 만두와 비슷하다. 현지인들이 하는 것처럼 살테냐 위에 채를 쳐놓은 오이와 당근을 소복하게 얹고 새콤하고 매콤한 소스를 뿌려 크게 한입 베어 물면 맛은 물론이고 양도 보장된 든든한 간식이 되어준다.

　살테냐로 허기를 달래고 네그로 시장으로 발걸음을 옮겼다. 한국에 있었다면 오늘은 추석! 1년 중 가장 손꼽아 기다렸을 연휴로, 보너스 봉투에 마음 훈훈하고, 집안 가득한 먹거리에 입 호강하고, 추석맞이 개봉 영화 중 무얼 볼까가 가장 큰 고민이었을 날. 가족과 함께 지내지는 못하지만 맛있는 것은 먹어야겠다는 생각에 부지런히 장을 본다.

　오늘의 메뉴는 자신 있는 칼국수!

　쉽게 구할 수 있는 파스타 면 중에 칼국수와 가장 잘 어울리는 것은 단연 링귀니 면. 리어카 가득 포대마다 다른 종류의 파스타 면을 담아놓은 모습은 이태리의 파스타 면 전문점 못지않다. 인상 좋은 할머니가 앉아 있는 곳에 가서 링귀니 한 덩어리를 집고 얼마냐고 묻자, 할머니는 순식간에 표정을 구기며 내려놓으라는 시늉을 한다. 아, 만지면 안 되는 건가 싶어 얼른 내려놓았는데 파리 쫓듯이 손을 휘이휘이 내젓는다.

다른 리어카에 가서 이번엔 만지지 않고 얼마냐고 물었다. 저울에 몇 덩어리를 올려놓고 "운 킬로" 하더니 비닐에 담기 시작한다. 얼마냐고 물었을 뿐인데……. 1kg은 너무 많아서 봉지를 받아 들고 좀 덜어내자 봉지를 홱 낚아채더니 돌아앉아 버린다. 내가 뭘 그렇게 잘못한 거지?

양파도 한 개만 있으면 되는데 한 개 달라고 하면 안 판다고 하고, 감자도 조금만 있으면 되는데 커다란 망태기에 담아놓고는 한 개는 안 된다 하고. 점점 무언가 사기를 시도하는 것 자체에 자신감을 잃어간다. 시장에서 이렇게 주눅 들긴 처음이다.

페루의 시장 사람들은 말이 통하지 않는 것 같으면 있는 손짓, 없는 발짓 다 해가며 설명해주기 바쁘고, 그래도 안 되면 옆 가게 사람까지 불러서 되는 말 안 되는 말 섞어가며 물건을 팔려고 드는데 이 사람들은 말 안 통하는 것 같다 싶으면 그냥 손부터 내저으며 가라고 하고, 팔려는 만큼 안 사는 거 같다 싶으면 봉지 빼앗아버리고, 가격 깎으려는 듯 보이면 등 돌리니 참으로 이해 안 가는 장사꾼 마음이다.

무언가 팔려고 나왔으면 최선을 다해 팔아야 하는 것 아닌가? 이렇게 쌀쌀맞고 불친절한 상인은 생전 처음 본다. 나의 놀이터와도 같은 시장에서 이런 일을 당하니 내 구역에서 한 대 맞은 형님들의

심정을 알 법하다.

하는 수 없이 링귀니도 잔뜩 사고, 양파와 감자도 두고두고 먹을 수 있을 만큼 샀다.

추석이라고 나도 맛있는 것 좀 해 먹으려던 것뿐인데 사람들도 참. 야속해하며 터덜터덜 걸어 내려오는 길에 귤을 파는 곳을 발견했다. 그냥 땅바닥에 귤을 잔뜩 쏟아놓고 팔고 있는 데다 여섯 개에 1볼이라고 쓰여 있기에 얼른 그 옆에 쭈그리고 앉았다. 손가락을 여섯 개 펼쳐 보였더니 할머니가 봉지에 귤을 담아주는데 정말 너무하다 싶게 썩은 것만 골라 담아주는 것이 아닌가. 이 나라 시장 사람들은 자기 물건 만지는 것을 극도로 싫어하는 것 같아서 만지지도 못하고 주춤거리다가 썩은 귤 하나를 꺼내 다른 것으로 바꿔달라고 하자 아니나 다를까 귤 봉지를 빼앗아 간다.

너무 무안하기도 하고, 당황스럽기도 하고, 화도 나서 벌떡 일어나서 걷긴 걷는데 자꾸 시야가 흐려진다. 그만큼이나 필요 없는데 그만큼이 아니면 안 팔겠다고 하질 않나, 썩은 것만 골라주는 심보까지 내가 내 돈 주고 사 먹으면서 이해해야 하는 건가. 만지기만 해도 무슨 때가 타기라도 하는 것처럼 극도로 정색할 것까지 있는 건가. 자존심이 밥 먹여주니, 물건 팔아야 당신들도 밥 먹을 거 아니야~ 속엣말을 꺼낼 곳도 없어 눈물만 그렁그렁하다.

하늘에서 가까운 도시. 1년 내내 추워서 그런가, 사람들 참 쌀쌀맞다.

당신들 오늘이 무슨 날인 줄이나 알아? 오늘은 추석이란 말이야! 땡쓰기빙 데이!!

나중에도 계속해서 느낀 것이지만 이 나라만큼 모든 것에 흥정이 어려운 나라가 없다. 물건 파는 상인도 사려면 사고 말려면 말라는 식으로 에누리가 없고, 투어사도 하려면 하고 말려면 말라는 식으로 나가는 손님 잡는 법이 없다. 택시 기사도 그렇고, 민박집도 그렇고, 밥집도 그렇다.

아직도 잘 모르겠다. 그것이 그들이 지켜야 하는 어떤 자존심인지, 상업주의에 물들지 않은 순수함인지, 무뚝뚝한 천성인지, 빼앗긴 것이 많았던 자의 자격지심인지. 케인스 경제학을 지지하는 나로서는 이해 안 되는 시장경제였다. 독점도 아닌데 파는 사람이 사는 사람보다 훨씬 우위를 점하고 있다니.

쌀쌀맞은 볼리비아노들 덕분에 나의 스물아홉 번째 추석은 진짜로 눈물 젖은 칼국수로 만족해야 했다. 심지어 고산지대라 물은 빨리 끓지만 알맹이는 쉽게 익어주지 않아 서걱거리는 감자와 뻣뻣한 면이 국물과 따로 놀았던 칼국수.

집 생각 절로 나는 서글픈 라파즈의 밤이 또 하루 저물고, 추워서 발을 동동 굴러야 했지만 달을 보며 소원을 비는 것은 잊지 않는다.

볼리비아 사람들에게 평화와 온화한 미소를 허락하소서. 제바알!

길을 감에 있어 내가 따라가야
하는 것은 앞선 사람이 아니며,
나는 내 리듬을
잃지 말아야 한다는 단순한 규칙.

데스로드,
세상에서 가장 위험한 길을 따라 코로이코로 고고!

볼리비아의 수도 라파즈에서 코로이코에 이르는 60여 킬로미터의 길. 융가스 지역에 있는 이 길의 이름은 경망스럽게도 '죽음의 길'이다. 이 길의 이름이 죽음의 길인 이유는 매해 200~300명의 사람들이 이 길을 지나다 죽기 때문이며, 수많은 사람이 이 길을 지나다 죽지만 계속해서 이 길을 다녀야 하는 이유는 라파즈에서 북부 아마존에 이르는 유일한 길이기 때문이다.

400m 절벽 위에 위치하며 양 방향 통행이 불가능할 정도로 좁은 구간이 부지기수에 낙석과 급경사, 급커브가 곳곳에 도사리고 있으며 안개가 시시때때로 나타났다 사라지는 도로. 1930년대 차코 지방을 차지하기 위한 볼리비아와 파라과이 사이의 전쟁 중 파라과이 죄수들에 의해 건설된 도로로 산맥을 사람들이 직접 손으로 깎아 만들었다니 건설 중에 있었을 인명 피해 때문에라도 죽음의 길이라는 이름이 붙기에 충분해 보인다.

이 도로를 볼리비아 사람들은 관광 코스로 만들었다. 자전거를 타고 달리는 일명 '데스로드 자전거 투어'.

배부르게 아침을 먹고 열일곱 명 인원 체크를 한 후, 자전거가 지붕에 먼저 올라타 있는 투어 차량 두 대에 적당한 인원이 나눠 타고는 달리고 달리고 달려 해발 4800m까지 오른다.

똑같이 갖춰 입은 옷에 헬멧까지 쓰고, 자전거를 한 대씩 지급받고 나니 국가 대표 사이클 선수가 되어 전지훈련이라도 받으러 온 듯한 기분에 들뜬다. 오랜만에 타는 자전거이기도 했지만 세상에서 가장 위험한 도로를 질주한다는 생각에 손 놓고 타기 신공까지 보이며 칠랄레팔랄레 두근거리는 마음을 주체 못 하고 신이 나버린 것이다. 베테랑 가이드 세 명이 선두와 중간 그리고 제일 끝에 한 명씩 배치되고 차량까지 따라오니 든든한 마음으로 출발!

고지라 바람이 차서 장갑도 꼈는데 손이 시렸고, 포장된 길이었지만 경사가 급한 데다가 바닥까지 젖어 있어 시작부터 겁을 살짝 집어먹은 것을 빼고는 순조로웠다. 그런데 달려보니 금세 실력 차이가 난다.

팀원 대부분이 유럽 아이들이었는데 애네들을 보면 남자고 여자고 나이가 많고 적고를 떠나 약간 군인 같다는 느낌을 받을 때가 있다. 워낙 어렸을 때부터 성별 따지지 않고 격한 운동을 시킨다고는 하나, 고기가 주식이어서 그런지 애들이 허우대부터 다르다. 골격이 다들 장대하고 겁도 없는 것 같고 하나같이 힘도 센 것 같다.

무섭지도 않은지 속도를 내서 앞질러 나가는 모습이 보는 것만으로도 아찔해서 스피드로는 도저히 게임이 안 된다. 따라가려니 힘도 달리고 담도 달린다.

맨 처음 쉬는 곳에서 떨어졌던 무리와 다시 만났고, 내가 나타나자 다들 오래 기다렸는지 박수까지 쳐준다. 머쓱하기도 하고 미안하기도 해서 가이드 루이스에게 자전거 타는 것이 너무 어렵다고 하니 루이스가 나를 위로한다.

"네 뒤에도 사람이 있는걸."

그렇지, 내가 꼴등은 아니지!

조금 쉬고 바로 출발이다. 나는 잠깐 쉬었지만 다들 한참 쉬었는지 또 팔팔하다. 터널 하나를 지나고 나자 머지않은 곳에 오르막이 보인다. 내리막을 힘차게 내달려 그 추진력으로 조금이나마 쉽게 오르막을 끝내려 했던 생각은 나만 한 것이 아니었는지 다들 쌩쌩 달려 나간다. 하지만 오르막은 생각보다 길었고, 추진력은 금방 동이 나서 자전거 의자에서 엉덩이를 떼고 아예 일어나서 두 발로 페달을 있는 힘껏 굴러보지만 역부족이다. 차라리 자전거를 끌고 가는 것이 빠르고 힘도 덜 들 듯해서 모양은 좀 빠지지만 자전거를 질질질 끌고 간다.

오르막을 다 오르면 분명히 내리막이라는 선물이 기다리는 법. 역시나 눈앞의 내리막을 보며 회심의 미소를 짓고 유후~ 달린다, 달려!

신나게 달려 내려오니 공식적인 휴식 시간이다. 음료와 초코바, 바나나가 지급되었고, 가이드가 길 설명을 해준다. 이제부터는 정말 위험한 길이라고 한다. 좁고, 구불거리고, 돌도 많고, 웅덩이도 있는 비포장도로가 시작된다며 차로 이동할 사람은 지금 결정하라고 한다. 자전거가 익숙하지 않은 한 명만이 차로 이동하기로 했고, 모두 자전거를 타기로 했다. 설명 끝에 이 구간이 가장 위험하지만 가장 아름답다고 했기 때문에 나는 당연히 자전거 이동이다.

그런데 출발하자마자 여간 어려운 것이 아니었다. 시작부터 이가 나간 그릇처럼 길 곳곳이 파인 울퉁불퉁한 내리막이라 브레이크를

쉼 없이 잡아야 했고. 덕분에 손아귀에 힘은 점점 빠져 자꾸만 뒤로
처졌다. 한쪽은 하늘과 맞닿은 것처럼 보이는 높은 절벽이고, 한쪽
은 구름에 가려 끝도 보이지 않는 낭떠러지인 데다 간혹 안개가 스
물스물 나타나 시야 확보까지 어려워 함부로 서지도 못하고 자갈밭
을 쿵닥쿵닥 달린다. 온몸의 살이 출렁거리고, 넘어지면 낭떠러지로
떨어져서 죽을까 봐 마음도 출렁거린다.

자전거를 타고 달리는 데에는 규칙이 있다. 앞에 차가 있을 때, 속
도를 늦추어야 할 때, 내 앞으로 지나가라고 할 때에는 수신호를 사
용하는데 유일하게 말을 해야 할 때가 있다. 앞선 사람을 추월할 때
가 바로 그때. 항상 뒤처지는 나를 배려해 대빵 가이드가 나를 제일
앞에 세워주었는데 모두가 나에게 하고 간 말.

"내가 너의 오른쪽으로 지나갈게."

나의 뒤에는 어느덧 가이드인 루이스만이 남았고, 루이스는 계속 나를 응원한다. 천천히 가도 괜찮아, 아주 잘하고 있어, 서두를 필요 없어. 그리고 가장 위로되는 말, "뒤에 차 타고 오는 사람도 있는걸!"

앞으로 2분이면 경치 좋은 발코니라고 불리는 곳에 도착한다며 나를 독려한다. 정말 2분만 가면 되는 거지? 울며 페달을 돌린다. 20년쯤 되는 것 같은 시간이 흐른 후에야 일행들이 보였는데 계속된 내리막이라 브레이크를 너무 열심히 잡았던 손아귀에 힘이 빠져버렸다. 그래서 마지막에 오는 사람이라고 관심이 집중된 가운데 멋지게! 자전거에서 떨어졌다.

브레이크를 잡을 힘이 없으니 사람들을 치고 발코니 밖으로 떨어져 나가지 않기 위해서는 자전거 밖으로 몸을 던질 수밖에. 그대로 내동댕이쳐져서 손바닥과 한쪽 무릎을 돌밭에 갈았다. 방청객처

럼 "오우" 하는 팀원들의 탄식이 귓전에서 사라지기도 전에 대빵 가이드는 다른 팀이 오기 전에 발코니에서 사진을 찍어야 한다며 나를 잡아끌어 발코니 끝에 세웠다.

손에 힘이 빠져 수전증 걸린 사람처럼 손을 덜덜덜 떨며 초췌하고도 울상을 지은 표정의 내가 단체 사진 속에 있는 연유는 그러하다.

땅을 짚은 손바닥과 떨어져 내린 쪽 무릎에서 피가 나고 있었기 때문에 다시 출발할 때에는 무리 끝에 섰고, 역시나 가이드 루이스만이 내 뒤에 있었다. 하지만 그나마도 잠깐, 루이스가 차로 이동하는 사람을 기다렸다가 함께 따라가겠다고 혼자 갈 수 있겠느냐고 묻는다. 그러라고 하고 나는 이내 정말로 혼자가 되었다. 앞선 사람들은 어차피 나를 기다리지 않으니 서두를 필요가 없다.

카미노에서 깨달았던 가장 중요한 두 가지를 잊고 있었다. 첫 번째는 내가 따라가야 할 것은 다른 순례자가 아니라 노란 화살표라는 것, 두 번째는 내 페이스를 잃지 않는 것. 그것은 길을 가는 데 있어 변치 않는 진리다. 길을 감에 있어 내가 따라가야 하는 것은 앞선 사람이 아니며, 나는 내 리듬을 잃지 말아야 한다는 단순한 규칙을 잊었었나 보다.

천천히 달렸고, 주위를 둘러보았고, 마음에 드는 곳의 사진을 찍었고, 절벽에서 떨어지는 물을 손에 받아 얼굴을 닦았다. 무리에서 떨어지지 않기 위해 내달리기만 했다면 영영 알지 못했을 이곳의 아름다운 모습을 하나씩 눈에 담는다. 하늘 저 높이 날아다니는 독수리, 계절이 순식간에 변한 듯 바뀌어 있는 식생, 절벽 사이에서 핀 수많은 야생화, 구름이 지나간 흔적, 한참 산 아래를 휘감아 내려가는 버스가 남긴 뽀얀 먼지 꼬리.

저쪽 물웅덩이 앞에서 카메라를 든 가이드가 어서 오라는 손짓을

내게 유일하게
"내가 너의 오른쪽으로 지나갈게"라고
말하지 않은 사람, 루이스.

한다. 자전거 바퀴가 반도 더 잠기는 물을 가로지르며 옷이 다 젖었
고, 신발 속에도 물이 흥건하게 들어왔지만 밝게 웃으며 한 손으로
V 자까지 그려주고 카메라 앞을 쌩하니 지나갔다. 해발 4800m에서
시작한 자전거 페달질이 1000m까지 내려오고 나서야 끝이 났다. 드
디어 죽음의 길을 지나 코로이코에 도착한 것이다.

코로이코 마을의 근사한 호텔 한 곳의 샤워장을 사용할 수 있었
기 때문에 종일 뒤집어쓴 먼지도 씻어내고 땀에 젖은 옷도 뽀송뽀송
한 새것으로 갈아입었다. 닳지 않는 건전지를 장착한 서양 아이들이
호텔 수영장에서 수영과 샤워를 동시에 즐기는 사이 낮잠을 자며 늦
은 점심을 기다린다. 자전거를 또 타라면 고개를 내젓겠지만 이 가
격에 이런 밥을 또 준다면 두말할 나위 없이 이 투어를 다시 하겠다
싶은 훌륭한 식사가 차려져 나왔다.

미트소스 스파게티와 닭튀김, 감자튀김을 양껏 먹고 났더니 졸음
이 솔솔. 이제 라파즈로 돌아가야 할 시간이다. 격한 운동에 밥까지
무리해서 먹고 났더니 눈꺼풀이 중력에 전혀 저항하지 않고 내려앉

는다.

얼마나 달렸을까. 두둥실 뜬 보름달 아래 보석 가루를 뿌려놓은 듯 반짝거리는 도시의 모습에 눈을 번쩍 뜨며 잠에서 깨어났다. 어느덧 라파즈 꼭대기에 다다른 것이다.

어째서 그 어떤 가이드북에도 라파즈의 야경에 대한 언급이 없는 것일까! 까만 도화지에 금가루, 은가루, 파란 사파이어 가루를 좌악 하고 뿌려놓은 것처럼 도시는 자체 발광 중이었다. 루미나리에가 이보다 아름다울까, 록펠러 센터의 색색깔 꼬마전구 가득한 크리스마스트리가 여기에 비교될까, 세계 불꽃놀이 축제가 이 도시의 밤보다 찬란할까.

투박하고 쌀쌀맞은 사람들이 지나만 가도 찬바람이 불어 횡뎅그렁할 것 같았던 이 도시의 밤이 사실은 이렇게도 따뜻한 빛을 안고 조용히 반짝거리고 있었다니.

너무나 위험한 길을 무사히 잘 다녀왔구나, 하고 이 도시가 나에게 주는 선물 같은 풍경.

루레나바케 가는 길,
급히 먹는 밥은 체하는 법

　　　　　　　　　　　여행자는 항상 주워듣는 게 많아야 한다. 현지 사정을 파악하기에 언어 소통이나 매체 접근에 한계가 있기 때문에 같은 여행자들 사이의 술렁거림을 놓치지 않는 것이 중요!

라파즈에 도착해서 가장 처음 접한 이 나라의 소식은 볼리비아 동부로 가는 길이 막혔다는 것이었다. 자원이 풍부하고 산업이 발달한 동부 지방 사람들이 정부의 가스와 석유 자원의 국유화, 고원지대 가난한 원주민들을 위한 부의 재분배 정책에 반대하며 지방자치를 요구하고 나선 것이다. 이에 볼리비아 정부가 강력하게 대처하며 동부 지방을 군대로 격리시켰다는 것. 때문에 남미에서 가장 싸게 아마존에 들어갈 수 있는 곳, 볼리비아 북동부 베니 주의 루레나바케로 가는 길 역시 2주 넘게 막혀 있는 상태란다.

어느 도시에서 얼마만큼의 시간을 기약하고 다니는 것이 아니긴 하지만 볼리비아 관광 비자는 기한이 정해져 있기 때문에 길이 정상화되길 무작정 기다릴 수는 없는 노릇이었다. 라파즈에 머무는 동안 계속 여행사를 들락거리며 상황을 살폈다. 그리고 코로이코 자전거 투어에서 돌아온 그 밤에 드디어 루레 루레나바케를 줄여서 부르는 말 가는 길이 정상화되었다는 반가운 소식을 접했다.

루레는 라파즈에서 북쪽으로 300km 떨어진 곳에 위치하며 비행기로 이동하면 1시간, 버스로 간다면 18시간이 걸린다. 가격은? 비행기는 60불, 버스는 60볼. 불과 볼의 차이만큼이나 긴 시간 차이지만 가난한 여행자는 고민하지 않는다.

버스 회사는 서너 군데 있지만 오전 11시에서 오후 1시 사이에 출발해 다음 날 새벽에 도착하는 비슷한 스케줄을 갖고 있었기 때문에 자리가 있는 아무 버스나 타면 된다고 생각하고, 루레에 도착하면 바로 아침 9시부터 시작하는 팜파스 투어에 참가하기 위해 미리 알아본 여행사에 급하게 예약도 했다. 현지에 가면 투어 비용이 조금 싸질 수는 있겠지만 투어 알아본다고 하루 까먹는 것보다 나을 듯해서 내린 결정이었다.

해발 200m까지 내려가는 루레는 사시사철 여름이라기에 간단한 옷가지와 꼬박 하루를 가는 버스 안에서 먹을 식량을 야무지게 챙겨 버스 터미널로 고고!

루레행 11시 버스를 타야 하는데 여행사 예약이 조금 지체되면서 산프란시스코 광장에 나왔을 때 이미 10시 반이 되어버렸다. 시간이 촉박해 택시를 잡아 터미널까지 20볼에 협상을 했는데 가는 길이 꽉 막혔다. 택시 기사가 어디 가느냐, 몇 시 버스냐, 급한 것 아니냐, 나의 스케줄을 꼼꼼하게 체크한 후에 하는 말.

"30분 안에 절대 못 가지. 이 길 말고 다른 길이 있는데 그 길로 가면 버스 출발 전에 터미널에 갈 수 있어. 그런데 그 길로 가려면 10볼 더 내야 해."

왜?! 상식적으로 택시 기사는 손님을 목적지까지 가장 빠른 길로 데려다 주어야 하는 것 아닌가? 빠른 길과 막히는 길이 있는데 빠른 길은 30볼, 막히는 길은 20볼이라는 이상한 계산에, 안 막히는 길을 알고 있으면서도 막히는 길로 들어섰다가 돈을 더 요구하며 시간 촉박한 손님의 애를 태우는 전략을 쓰다니!

이 비상식적인 상황을 이해할 수도 없을뿐더러 택시비까지 훌쩍 뻥튀기한 요금을 요구하니, 이 재수 똥덩어리의 멱살을 잡고 앞뒤 좌우로 세차게 흔들며 빠른 길로 가지 않으면 핸들 꺾고 너도 죽고 나도 죽는 거라고 난리를 쳐도 모자랄 판이었지만 어쩌겠는가. 바나나 10개에 1볼인 이 나라에서 10볼이면 바나나가 무려 100개이니 앉아서 바나나 100개 까먹었다 생각하고 빠른 길로 가자고 한다.

그 후가 더 가관이다. 좌회전하여 한 블록 위로 올라가 또 좌회전 직진? 왔던 길을 되돌아간다고? 엇! 여긴 산프란시스코 광장? 출발했던 곳에서 그대로 우회전 직진 코스 되시니 처음 들어섰던 길은 원래부터 갈 필요가 없는 길이었던 모양이다.

말도 잘 못하고, 버스 시간까지 촉박한 외국인이라니 먹기 좋게 한입 크기로 썰어져 나온 스테이크와도 같았을 터. 그래 바나나 100개 더 먹고 떵떵거리고 살아랏!

11시가 살짝 넘어 터미널 도착. 다만, 허무했던 것은 버스는 12시 반이 되어서야 출발했다는 것 정도.

워낙에 산동네인 라파즈이니 버스가 심하게 털털거리며 오르막을 오르는 것에 크게 신경 쓰지 않았다. 지붕에 산더미같이 쌓은 짐이 너무 무겁다 싶긴 했지만 이 길을 하루 이틀 달린 버스도 아닐 테니 그것 또한 내가 불안해할 내용은 아닌 것 같았다.

20여 분쯤 기어가다시피 언덕을 다 올라 이제 잘 닦인 도로를 신나게 달렸으면 좋겠는데 그냥 답답하지 않을 정도로 부릉부릉 달린다. 1시간쯤 그렇게 달렸을까, 버스가 멈췄다. 2시도 채 안 되었고,

처음 20여 분은 달린 것도 아니니 사실 출발하자마자 서버린 것이나 다름없었다.

사람들도 태평하고, 운전기사도 별일 아니라는 듯이 기다리라 하고, 나는 상식적으로 버스가 달리다 고장이 났고, 라파즈는 이곳에서 불과 1시간 남짓 거리이니 적어도 두어 시간 안에 새 버스가 올 거라고 믿었다.

2시간쯤 기다렸을 때까지도 사람들은 자기들끼리 깔깔거렸고, 운전기사는 의기양양하게 40분만 기다리면 모든 것이 해결될 거라고 했다.

근데 왜 운전석 쪽 밑창을 걷어내고 뭘 분해하는 걸까. 그래, 뭐 새 버스가 오더라도 이 버스는 돌아가야 하니 고치긴 해야겠지.

40분을 넘어 1시간이 지나고, 또 1시간이 지나자 사람들도 점점 술렁거렸고, 몇몇은 화를 내며 지나는 트럭을 히치해 떠났다. 점점 어두워졌고, 언덕배기에 기대 우는 아줌마들이 속출했고, 항의하는 사람들에게 운전기사는 "이 차는 엔진 빼고는 모든 게 완벽해!"라고 소리쳤다. 나는 상황이 너무 황당해서 멍 때리고 있었던 것 같다.

뭔가를 뚝딱거리는 와중에 운전석 쪽에서 매캐한 연기가 솟았고, 순식간에 버스 안은 앞이 안 보이고 숨을 쉴 수 없을 정도로 연기로 가득 찼다. 세상에서 가장 높은 수도 볼리비아의 라파즈 볼리비아의 헌법상의 수도는 수크레이지만 라파즈가 사실상 수도 역할을 한다 보다 더 높이 올라와 버린 안데스 산맥의 어느 한 자락, 아직 땅도 꽝꽝 얼었고, 고인 물도 꽝꽝 얼었고, 버스 창에 서린 김 역시 꽝꽝 얼어버린 냉장고 같은 곳에서 멈춰버린 버스에서나마 쫓겨 나왔다.

버스 안에 가득 찬 연기는 비교도 안 되게 버스 뒤꽁무니에서는 시커먼 매연이, 세상에 버스 한 대에서 이렇게 산불 난 것처럼 나올 수도 있구나 싶게 뿜어지고 있었고, 그 와중에 눈발까지 날리는 데다 침낭을 뒤집어쓰고 좀비처럼 버스를 바라보는 내 꼴까지 더해지니 참으로 청승맞고도 기구한 풍경이 아닐 수 없어 헛웃음이 샌다.

　버스가 고쳐질 기미도 안 보이고, 새 버스가 올 리는 만무한 이때에 운전기사의 최후통첩은 차라리 반갑기까지 했다. 답이 뻔한데 선생님이 얼른 답 말 안 해주고 설명만 계속하고 있다가 드디어 "정답은 3번이다!" 해준 것처럼.

　"오늘 밤은 이 버스에서 자고 내일 아침 8시에 새 버스가 오면 그걸 타고 가야 해."

　온 길이 고작해야 2시간이 안 되고 앞으로 갈 길이 16시간 남짓이니 아예 처음부터 라파즈로 돌아갈 궁리를 했으면 좋았을 것을, 하는 후회가 잠시 머릿속을 스치긴 했지만 그러다 보면 한도 끝도 없는 후회만 남을 것 같았다.

　이미 예약해놓은 여행사에 일정을 미루는 전화를 해주어야 하는데 휴대전화 가진 사람도 드물고, 겨우 찾아내서 물어보면 해발이 너무 높아서 안 터진다거나 크레딧이 없어서 쓸 수 없다는 답변만 돌아왔다. 그럼 버스 고장 났다는 전화는 어떻게 한 거니? 흥!

　이미 고장 난 버스에서 6시간을 보냈고, 새 버스가 올 때까지 밤을 새워 12시간 이상을 더 기다려야 한다는 사실에 화가 났던 것도 사실이다. 자리는 더없이 불편했고, 너무 추웠고, 전날 자전거에서 떨어져 다친 다리 상처는 괜히 더 당겼고, 씻는 것은커녕 화장실조차 그냥 길바닥에서 해결해야 하는 상황에 눈물이 안 났다면 거짓말이리라.

　그날 밤, 하늘의 별도 일렁거렸고, 보름이 지나 이지러지기 시작

한 달도 출렁거렸고, 그저 새까맣기만 한 어둠조차도 바위에 부딪친 바람처럼 희미하게 시야 밖으로 멀어져 갔다.

이 나라는 볼리비아야, 볼리비아. 이런 일이 수도 없이 일어나는 곳이야. 되뇌고 되뇌며 나중에 시간이 얼마가 흘러야 이 시간을 추억이라 부를 수 있을까. 눈을 감았다, 떴다, 감았다, 떴다.

자는 것도 아니고, 깨어 있는 것도 아닌 몽롱한 가수면 상태에 종지부를 찍고 버스 밖으로 나와 허리를 좌우로 휙휙 돌리며 본 시간이 새벽 6시. 지나는 차들을 피해 겨우겨우 길가에 세워놓았던 버스에서 다시 매연이 한없이 뿜어져 나오고 펑 소리와 함께 시동이 완전히 꺼지고 나서야 운전기사도 차를 포기했다. 아마도 고쳐보려는 노력을 멈추지 않는 운전기사의 근성도 이 길 이름이 데스로드가 된 데 일조했을 것으로 보인다.

이제 그만 폐차를 해도 열 번을 했어야 할 버스가 아직도 사람을 가득 태우고 달리니 그대로 폭탄이고, 사고 예약이 아닐까 아찔하기만 하다.

10시가 다 되어서이긴 했지만 어쨌든 새 버스가 나타났다. 원래 탔던 것보다 양호해 보여서 조금이나마 마음이 놓인다. 짐을 옮기고 사람도 옮겨 타고 11시가 넘어서야 출발하니 이제 다시 시작이다.

잘 닦인 도로가 금세 끝이 나고 비포장도로에 들어서니 그나마 이런 곳에서 버스가 멈추지 않은 것이 다행이다 싶었다.

굽이치는 안데스 산맥을 돌아 내려가는 길. 300km에 18시간, 시속 16km라는 기가 막힌 속력이 나오는 이유를 알겠다. 사람들이 절벽 끝에 매달려 정으로 쪼고 망치로 때려 만들었을 그 장면을 떠올리면 이 길을 왜 애초에 외길로 만들었느냐는 질책은 할 수가 없다. 하지만 내려가는 길에 마주 오는 버스를 만났고 뒤에서 "오라이~ 오라이~" 하며 봐주는 사람도 없는데 겁도 없이 후진을 하는 버스에 내가 타고 있는 상황이라면, 2차선까지는 아니더라도 이왕에 만드는 거 좀 넓게나 만들든지, 하는 마음의 소리가 절로 입 밖으로 튀어나온다. 그것도 울부짖으며.

운명이 하늘에 달려 있다는 생각은 안 하지만 이 순간 운명은 버스 운전기사의 핸들 꺾기에 달려 있다는 것은 분명했다. 아저씨! 핸들을 좀 세심하게 돌려요! 막 돌리지 말고!

구불거리는 길을 다 내려와서야 버스는 잠시 쉰다. 버스가 나타나자 차창 밖에는 물이나 과자, 귤 따위를 팔려는 사람들이 다닥다닥 들러붙었다. 마침 점심시간이니 배를 채울 요량으로 닭튀김과 감자, 옥수수를 샀다. 접시에 담긴 음식을 까만 봉지에 한꺼번에 때려 넣어주니 비주얼은 약간 쓰레기다. 버스가 출발할 것 같아 얼른 돈을 주고 받아 든 까만 비닐 속에는, 여러 번 얼었다 녹은 듯한 시커먼 감자와 도대체 무슨 맛으로 먹는지 모를 알알이 뜯어서 물에 삶아버린 옥수수가 있었다. 뭐 그건 그렇다 치자. 두 개인 닭튀김 구성이 기가 막히게도 날개와 모가지! 이러언~ 순진한 얼굴로 나한테 닭 모가지와 닭 날개를 팔았단 말이지? 망할 볼리비아!

먹지도 못하고 다시 비닐을 묶어버린다. 그런데 그것이 오히려 다행이었을까? 그때부터 돌길이 시작된다. 이 길 위에서는 버스가 얼마나 덜컹거리는지 몸은 살아 있는 활어처럼 의자 위에서 펄쩍펄쩍 뛰고 단단히 묶어놓은 지붕의 짐이 떨어지는 일도 다반사. 음식을 먹었다면 그대로 게워냈겠다는 생각을 들 정도였고, 실제로 토하려는 사람들 때문에 버스는 몇 차례 가던 길을 멈추어야 했다.

그렇게 장시간 팔딱거리며 버스에서 두 밤이나 자고 루레에 도착한 시간은 무려 새벽 4시. 예상했던 시간보다 일찍 도착한 것이 전혀 고맙지 않다.

워낙에 아침 7~8시 사이에 도착해야 아귀가 맞는 스케줄인데 새벽 4시의 깜깜한 버스 터미널에선 도저히 할 것도 없고, 어디로 가야 할지도 모르겠다. 딸들과 함께 라파즈에 갔다가 한참 만에야 집이 있는 루레로 돌아왔다는 포르투갈 출신의 농장주 아저씨가 사정을 듣고는 자기네 집 별채에서 잠깐 눈을 붙여도 된다기에 넙죽 따라나섰다. 강촌 MT촌에 있을 법한 넓은 방 하나를 그의 부인이 내주어 세수도 하고, 머리도 감고, 펄쩍거렸던 몸과 마음도 진정시키며 날이 밝길 기다린다.

예약해놓은 여행사와는 아직도 제대로 연락을 하지 못한 상태라 잠이 오지 않았다. 아침 7시가 넘어 통화를 한 여행사에서는 늦어버린 하루 치를 추가로 더 내야 제대로 된 투어에 합류할 수 있단다. "버스가 고장 난 건 네 사정이지. 그건 여행사 책임이 아니잖니?"가 그녀의 입장.

급히 먹는 밥이 체하듯이, 급히 나선 길에서 나의 여행은 잠시 체했지만 결국에는 다 소화해냈다. 비록 시간을 아끼지도 못했고, 투어비를 절약하지도 못했고, 몸은 지칠 대로 지쳤지만 무사히 오려던 곳에 왔으니 그걸로 됐다. 여긴 볼리비아야!

팜파스 투어,
아마존의 쌩얼

투어 팀원 여덟 명과 운전자, 가이드 르네 할아버지까지 모두 모이자 지프가 출발했다. 흙먼지가 이는 비포장도로를 덜컹거리며 달리는 지프차 안에서도 엉덩이가 들썩거리고 기댈 곳이 마땅치 않아 불편했지만 그래도 버스보다 나았는지 슬쩍슬쩍 졸기 바쁘다.

30여 분쯤 달려 팜파스 국립공원에 입장료를 내고 아마존에 들어섰다. 조금 이르지만 점심을 먹으러 들어간 식당은 동물원이나 다름없었다. 원숭이가 기둥 사이를 날아다니고, 사슴이 경중경중 마당을 뛰어다니고 나무 위에는 화려한 깃털을 뽐내는 앵무새가 사람들을 내려다본다. 그리고 멧돼지는 식탁 밑 그늘이 자기 집인 양 자리 잡고 누워 있기까지 한다.

식탁에 차려진 음식을 이것저것 집어 가는 원숭이와 발밑에서 푸우푸우 코까지 골며 자는 멧돼지 녀석 덕분에 식사는 식사가 아니라 사파리 체험 같았지만 아마존에 들어섰다는 긴장감만은 백배.

다시 지프차에 올라 한참을 달려서야 아마존 강줄기를 만났다. 흰 티를 입고 빠지면 그대로 빠알간 흙물이 들 것 같은 흙탕물 위에

떠 있는 기다란 배에 짐을 싣고 올라앉으니 르네가 배를 출발시킨다.

낮은 하늘과 후끈한 공기 덩어리, 금세 울창해진 숲이 제법 아마존스럽다. 그리고 나는 마치 더글러스 부인의 끈질긴 교화로부터 도망쳐 뗏목을 타고 미시시피 강을 따라 여행을 떠나는 허클베리 핀이라도 된 것처럼 자유의 바람을 깊이 들이마시고 내뱉었다. 허클베리 핀보다는 흑인 노예 짐의 나이에 더 가깝지만 지금 이 순간 마음만은 미지의 세계로 떠나는 꿈 많은 열네 살 소……소녀……언.

배가 지나는 강줄기 양옆 뭍에는, 악어 떼라는 단어를 시각적으

로 설명한다면 세 살짜리도 무릎을 치며 '정글 숲을 지나 엉금엉금 기어가다 늪지대가 나타나면 나오는 악어 떼로구나!' 하고 이해할 정도의 그야말로 악어 '떼'가 수유역에 손님 맞으러 나온 샴푸 나이트클럽 웨이터만큼 많다!

그리고 둔덕에 뽕뽕 구멍을 파놓고 무리 지어 뒤뚱거리며 돌아다니는 뉴트리아 떼. 우리나라에도 모피를 얻기 위해 1990년대에 들여왔다가 뉴트리아 모피 산업이 사양길로 접어들면서 아무렇게나 방치되어 우포늪이나 달성습지 등의 생태계를 교란시키는 주범으로 지

목되고 있는 바로 그 녀석들이다. 고향이 남미라더니, TV에서만 보던 녀석들을 여기서 만나는구나. 커다란 쥐처럼 생겼는데 덩치가 너무 큰 데다 발딱 일어나서는 의뭉스러운 눈빛으로 사람들을 쳐다보고 있는 모양새가 마치 탈바가지를 쓴 인형 같아서 썩 정이 가지는 않았다.

백조처럼 새하얀 털이 온몸을 뒤덮은 꽤 도도해 보이는 새, 닭처럼 생겼는데 푸드덕푸드덕 나무와 나무 사이를 자유자재로 날아다니는 새, 까마귀와 독수리에 이르기까지 수많은 새가 머리 위를 맴돌고 눈앞을 가로지른다. 등 껍데기가 둥근 솥뚜껑 같은 거북이가 수면 위로 솟은 나무에 닥지닥지 붙어 있다가 발을 헛디뎌 떨어지는 모습에서는 다 같이 박장대소를 하고, 에일리언처럼 찍찍거리며 이리저리 방황하는 팔뚝만 한 새끼 악어들을 보며 뱃놀이에 여념이 없다.

별명이 '그란데 몽키'라는 가이드 르네가 어느 지점에 배를 세우고 휘파람을 분다. 그냥 늘어진 나뭇가지들밖에 없는 줄 알았던 덤불 속에서 어느 틈엔가 샛노랗고 쥐방울만 한 원숭이들이 고개를 내민다. 녀석들은 순식간에 배 위로 올라와 르네가 들고 있는 바나나를 악착같이 집어 뜯어 갔다. 원숭이들이 꺄악 소리치는 사람들의 무릎이며 머리를 징검다리 밟듯이 뛰어다니는 진풍경 또한 아마존이니까 가능하리라.

폭이 좁은 강을 벗어나자 르네가 배를 세웠다. 이곳이 핑크 돌핀 포인트라는데 이런 흙탕물에 돌고래가 살고 있으리라는 것은 보지 않고는 믿을 수 없었다.

웃통을 벗고 수영을 하는 르네를 따라 하나둘 팬티 바람으로 물속으로 뛰어들었다. 수영도 못하는 데다 물속에 뭐가 있을지 보이지도 않는 상황이라 주춤거리다가 그래도 일생에 언제 아마존에서 수영을 해보겠나 싶어서 옷을 입은 채로 물속에 들어갔다.

허리춤까지 들어갔을 때 맨살갗에 계속 톱니가 닿는 듯한 느낌이 있었는데 이 찝찝함의 정체가 기분 탓이 아니라 실제 아마존의 식인 물고기 피라냐의 입질이라는 소리에 소스라치게 놀라 물 밖으로 튀어나왔다. 르네는 배 주변에 가만히 서 있으면 먹이로 생각하니 계속 움직이면 공격하지 않는다고 수영을 하라고 하는데 그게 말처럼 쉽지가 않다. 악어와 핑크 돌고래와 함께 아마존에서 물놀이하는 계획은 구경으로 만족해야겠다.

저 건너편에 정지된 화면 같지만 분명히 살아서 눈을 끔뻑이는 악어가 있는데 수영을 하는 사람들이 있고, 그 사이로 정말 햇빛에 반짝거리는 미끈한 콧등을 가진 핑크 돌핀이 불쑥불쑥 튀어 오르는 모습은 그대로 영화 속의 한 장면이다.

후르가다의 돌핀처럼 사람에게 장난치자고 엉기기는커녕 동에 번쩍 서에 번쩍 카메라 추격을 번번이 따돌려서 얄밉긴 하지만, 기다란 주둥이로 빨간 광목천에 하얀 실로 홈질하듯 솟구치고 사라지고를 반복하는 모습이 신기하기만 하다.

어둑어둑해질 즈음에야 도착한 잭슨 섬.

방갈로가 늘어서 있고, 샤워실과 화장실도 딸려 있고, 해먹이 줄줄이 매달린 숙소는 생각했던 것보다 훨씬 홀륭했다. 그간 꾸준히 저축한 알토란 같은 피곤, 오늘 만기 왔는지 꿈도 꾸지 않고 잘 잤다.

깔끔한 기분으로 일어난 아침, 오늘의 스케줄은 아나콘다를 만나러 가는 것이라기에 살짝 겁을 집어먹는다.

강을 조금 따라 내려와 건너편 언덕을 하나 오르니 허허벌판이다. 그냥 벌판이 아니라 까맣게 태운. 걸음을 옮길 때마다 남아 있던 열기가 푸석푸석 피어오르고 타다 만 나무 기둥이 외로운. 어쩐지 흡~ 하고 들이마시는 숨이 답답하다 했지. 타다 만 잡풀이 무성한 것으로 보아 아마도 산림을 태운 땅에 농사를 짓기 위해 화전을 일구는 중인 듯싶었다.

덕분에 개구리는 그대로 개구리 구이가 되어 땅바닥에 말라붙어 있었고, 땅게도 피할 수 없는 불길에 게찜이 되어 있었다. 르네가 어젯밤에 미리 갖다 놓은 것같이 척척 눈에 보이는 개구리 구이와 게찜을 지나고 나니 이제는 버쩍버쩍 마른 땅이 끝이 없다. 그 마른 땅에는 뿔과 가죽만 남은 소가 나자빠져 있고, 뼈와 허물만 남은 뱀의 흔적도 어렵지 않게 만날 수 있었다.

아나콘다를 찾으러 얼마나 헤맸을까. 풀숲을 헤치고 쓰러진 나무를 건너 늪지대에 들어선 지 얼마 지나지 않아 르네가 뱀과 사투를 벌인다.

끄트머리가 두 갈래로 갈라진 작대기로 뱀의 머리를 누르고 하늘로 솟구친 팔뚝보다 두꺼운 뱀의 꼬리를 잡고는 르네가 몇 개밖에 없는 이를 드러내고 활짝 웃는다.

이렇게 큰 뱀을 눈앞에서 본 적도 없거니와 누군가 라이브로 뱀을 잡는 모습조차 처음 보는 나는 약간 토할 것 같은 기분이었달까. 까만 혀를 날름거리는 뱀이 무섭지도 않은지 다들 목도리처럼 뱀을 목에 두르고 사진 한 장씩을 찍는다.

남들 하는 건 다 해보자 주의이긴 하지만 이건 아니다. 특별히 동물 애호가라서 이런 식으로 동물들을 혹사하는 것에 결사반대하는 입장이라면 참 지적일 텐데, 다만 뱀을 목에 두르고 활짝 웃을 용기가 없을 뿐이다. 금방 놓아주긴 했지만 뱀도 깜짝 놀랐을 것이다. 게다가 매일같이 뱀을 찾아다니는 여행객들 때문에 몇 번 잡혀본 기억이 있는 녀석이라면 더더욱 미안하다. 놓아준 뱀은 정말 잠깐 눈 돌린 사이에 사라졌다. 그 말은 또 순식간에 눈앞에 나타날 수도 있다는 것. 얼른 늪지대를 벗어나자!

온 길을 되돌아가는데 르네가 복잡하게 얽히고설킨 나뭇가지들 사이를 작대기로 다시 헤집기 시작하더니 이번엔 아까보다 더 큰 구렁이 두 마리를 한꺼번에 끄집어냈다. 사람들은 아까 한 것처럼 또 뱀을 목에 두르거나 두 마리를 양손에 쥐고 사진을 찍는다. 여전히 두려워하며 뱀을 거

절하는 나에게 르네는 끈질기게 뱀을 권하지만 끝내 손사래를 치자 뱀은 다시 자유가 되었다. 야생동물들을 보고 체험하고 아마존을 느끼러 수많은 여행객이 이곳을 찾지만 최대한 그들의 삶에 영향을 주지 말아야 하는 것은 여행자로서의 의무가 아닐까 하는 짧은 생각을 해본다. 사람뿐 아니라 동물에게도, 식물에게도, 그들의 자연에게도.

오후엔 다 같이 해먹에 누워 낮잠에 빠졌다.

해 질 무렵 르네가 다시 사람들을 불러 모아 따라나섰다. 사람들에게 수영을 하라고 하더니 르네는 주변을 유심히 살피며 무언가를 찾는 것 같다. 그러더니 땅바닥을 탁탁 내리치며 애타게 누군가의 이름을 부른다.

"페드로~ 페드로~"

페드로가 누군데 이렇게 강 건너에 대고 열심히 불러대는 것일까.

페드로는 놀랍게도 악어였다! 수영을 하는 사람들 사이로 유유히 헤엄쳐 오는 악어 한 마리, 르네 곁에 가만히 자리를 잡는다. 다들

한 번씩 만져보고 곁에 누워도 본다. 핑크색 바지를 입은 나에게 르네는 페드로가 좋아하는 색이라며 가까이 오란다. 좋아하는 음식으로 착각해서 잡아먹으면 어쩌나 하는 걱정은 뒤로하고 악어 콧잔등을 한 번 쓰다듬었다. 얘야, 나는 네 가죽으로 만든 핸드백 같은 건 절대로 없는 사람이야. 내가 가진 건 다 레자야!

수영복 한쪽을 내려 새하얀 엉덩이를 드러낸 아르헨티나 청년 호세 곁에서 얌전한 포즈를 취해주는 것으로 오늘 몫을 다 한 페드로가 반대편 뭍으로 유유히 헤엄치는 것을 보고 나서 일행은 다시 배에 올라탔다. 해가 지는 딱 그 시간. 땡그란 해가 밑에서 누가 잡아내린 것처럼 바쁘게 숲 저편으로 떨어지자 어둠은 노을이 질 틈도 주지 않고 한꺼번에 찾아왔다.

푸덕거리는 소리가 유난히 가깝게 들리는 것만 같고, 형광으로 빛나는 눈이 거침없이 배를 향해 돌진할 것만 같아 심장을 몇 번이나 쓸어내리며 도착한 곳은 선셋 바 Sunset Bar 에프라임의 집.

맥주와 콜라를 사 들고 2층으로 올라가니 허클베리 핀과 톰 소여가 살았을 법한 하늘을 지붕 삼은 나무 테라스가 있고, 그와 연결된 삐걱삐걱 나무다리 난간에는 세계 각국의 국기가 꽂혀 있다. 대한민국 국기도 있을까 싶어 나무다리 끝까지 가보지만 없다! 다음에 오는 누군가가 커다란 태극기 하나 꽂아주면 좋겠다 하며 난간 밖으로 다리를 빼고 앉아 맥주를 홀짝거린다.

일행 중에 서반아어를 쓰는 스페인 청년 세르키오와 마우리, 아르헨티나 청년 호세가 옆자리를 꿰차고 앉았다. 불행히도 우리는 말이 통하지 않는다. 아니, 그들끼리는 말이 통하고 나와 그들은 말이 통하지 않는다. 그런데 신기하게도 우리는 2시간 가까이 떠들었다.

한 달 반 동안 여행한 스페인에 대한 애정이 각별했던 만큼 할 얘기도 많고, 듣고 싶은 얘기도 많았던 모양이다. 말도 안 되는 저렴한 영어와 주워들은 스페인어 몇 마디, 그리고 한국어까지 섞어 그렇게 오래 떠들었으니 말이다. 그중에서도 특히 바르셀로나 청년 마우리는 내가 해주는 스페인 여행 얘기에 열심히 박수 치고 깔깔거리며 호응을 해주었다.

타파스 바 몇 군데를 돌며 상그리아와 틴토 데 베라노를 있는 대로 마시고 취해서 뛰어다녔던 따뜻한 남쪽 나라 그라나다의 밤공기가 코끝에 찡하게 스치는 듯한 밤이다.

잭슨 섬에서 3일째 되는 날, 아침부터 강물 위로 안개가 심상치 않더니 비가 오기 시작한다. 곧 돌아갈 시간인데 비가 오다니 난감하다. 바로 머리 위에 있는 것처럼 내려앉은 하늘에서 떨어지는 빗줄기가 점점 거세져 강물 표면은 누군가 퐁당퐁당 돌을 던지는 것처럼 물이 튀었고, 땅바닥은 아몬드가 박힌 반쯤 녹은 초콜릿처럼 찐득해 보였다.

비를 잔뜩 맞은 다른 투어팀이 도착해 더 이상 이곳에서 비가 그

치길 기다리는 것이 불가능해졌다. 비를 맞으며 돌아가는 수밖에. 입을 일이 있을까 싶었지만 버리지 않고 싸 들고 다녔던 우비는 라파즈에 있을 뿐이고. 뱀 찾으러 다닐 때 입었던 트레이닝복은 불탄 땅에서 묻은 검댕 때문에 입지 못할 뿐이고. 반바지에 민소매 티셔츠를 입고 오는 비를 쫄딱 맞으며 2시간여의 뱃놀이를 하려니 꼴이 참 불쌍하다.

어찌나 추웠는지 오들오들 떨다가 이대로 닭이 될 수도 있겠다 싶을 만큼 몸엔 닭살이 돋았고, 저체온증으로 죽을 수도 있겠다는 생각마저 들었다. 열대우림 아마존에 와서 얼어 죽을 수도 있다는 생각은 전혀 해보지 않았는데 신선하다, 신선해.

뱀 잡으러 갔을 때 숲에 울창한 나무들에 누가 까만 매직으로 그어놓은 것처럼 선명했던 검은 선을 가리키며 르네가 아마존의 우기에 비가 오면 저기까지 물이 찬다고 했었다. 그 선이 내 키보다 훨씬 위에 있었는데……. 아, 건기엔 대한민국의 장마쯤 되는 비가 내리는구나. 어우, 추워!

루레나바케,
따뜻한 사람들의 훈훈한 꿈이 있는 곳

강어귀에서 지프에 올라 또 한참을 달려야 루레에 도착한다. 젖은 채로 흙먼지까지 뒤집어쓴 덕분에 만신창이도 이런 만신창이가 없다. 루레는 나와 맞는 도시일까? 오고 가는 길이 이렇게 힘들어서야.

이럴 때는 위로받아야 한다. 루레에 특별히 문제가 있었다기보다, 예상치 못한 변수들로 인해 오가는 길이 너무나 힘들어서 잘못하다간 나는 아직 머물지도 않았으면서 이 마을을 저주할 것만 같았다. 따뜻하게 마음을 위로받을 수 있는 곳을 찾아야 한다.

한국인이 운영하는 곳으로 『론리 플래닛』에까지 소개되어 있다는 호스텔, 벨라비스타를 찾았다. 거기 무얼 바라고 가는 건 아니다. 이 집트 이후로 한국인이 있는 곳에 가지 않았으니 지금쯤 한번 가서 그냥 나랑 같은 땅에서 살았던 사람에게 이 도시가 사실은 사랑스러운 곳이라는 확인을 받으면 되는 것이다.

침대와 낮은 서랍장 하나가 전부인 소박한 방이었지만 모처럼 아주 편하고 깊게, 오래 잤다. 그리고 눈뜨자마자 망고나무와 밤나무가 잘 가꾸어진 너른 뒤꼍에 나가 팔을 쭉 뻗어 크게 기지개를 켜는

아침이 여러 날 계속되었다.

시장이 서면 슬리퍼를 찍찍 끌고 나가 오렌지를 한 봉지 사고, 노천 식당에 현지인들 사이에 끼어 앉아 늘 그렇듯이 사람들이 먹는 음식을 스윽 보면서 "이건 뭐예요? 저건 뭐예요?" 묻고는 가장 맛있어 보이는 음식을 시키고, 주위를 두리번거리다 신기한 것 앞에 쪼그리고 앉아 알아듣지도 못하는 설명을 한참이나 듣고 있고, 괜히 여기저기 어슬렁거리며 돌아다니고.

그러면서 가장 맛있는 엠파나다를 파는 곳이 어딘지도 알아냈고, 커다란 쿠키 한 봉지를 가장 싸게 파는 가게도 찾아냈고, 바나나 한 개를 덤으로 주는 가판도 뚫었고, 반갑게 인사를 할 수 있는 현지인 아저씨도 생겼고, 모스키토에서 칵테일 한 잔 값으로 두 잔을 먹을 수 있는 시간대도 파악했다.

그리고 정말 하루 이틀 있어서는 알 수 없는 사람들도 만났다. "한국에서 손님이 오셨다고?" 하면서 한국 영화 DVD를 잔뜩 들고 나타나신 루레의 최고급 호텔인 마야 호텔 아저씨, 목공소 오씨 아

저씨와 라파즈에 사신다는 한국인 문씨 아저씨의 부인 '문씨 부인'으로 불리는 이르마.

　아저씨들이랑 이르마와 같이 밥 먹는 날이 많아지고, 같이 앉아 〈나훈아 쇼〉니 〈주몽〉이니 하는 TV 프로그램을 보는 시간도 늘어나고, 아껴둔 커피를 마시며 아저씨들의 인생 이야기를 듣다가 깊어가는 밤도 잦아졌다.

　언제나 새롭고 신기한 것만 찾아다녀야 할 것 같은 여행이라는 시간 속에서 맞는 익숙하고도 일상적인 삶은 오히려 즐거운 경험이다. 그중에서도 가장 즐거운 것은 단연, 음식에도 일상이 돌아왔다는 것이다. 아무리 그 나라 음식이 입에 맞고 맛이 좋다 해도 30년 가까이 먹은 내 집 밥맛에 비할까 싶다.

　비록 엄마처럼 음식을 만들어낼 수는 없지만 닭과 양파, 마늘만 있으면 OK! 닭백숙은 필수 메뉴, 신선한 채소와 고기를 아낌없이 넣은 볶음밥은 기본 메뉴, 계란국에 간장 비빔밥은 초간단 메뉴, 베니 강에서 갓 잡은 민물고기에 매운 고춧가루 양념 팍팍 넣고 보글 보글 끓여낸 매운탕은 한국에서도 자주 먹지 못했던 특특특 특별 메뉴 되시겠다. 그리고 종지부는 냄비에 식용유 넣고 밥하는 이 나라 사람들의 특이한 식습관으로는 상상도 할 수 없는 압력밥솥 표 숭늉으로 쾅쾅쾅!

그것은 단순한 음식이 아니라 정이었고, 맛이 있고 없고를 초월한 가슴 따뜻한 나눔이었다.

이틀이나 있을까 싶었던 루레 일정은 여지없이 늘어나 나는 어느새 닷새째 아침을 맞고 있었다. 잔디밭에 이슬이 반짝 손가락만 한 개미가 빨랫줄을 타고 일 나가는 모습을 보며 고개를 까딱까딱 스트레칭을 하고는 뒷마당에 텐트를 쳐놓은, 스페인 태생이지만 15년 동안 고향에 간 적이 없다는 우루과이 아가씨와 인사를 한다. 그녀들 말고도 어젯밤에 갑자기 나타난 집시 청년들이 침낭을 둘둘 말고 잔디밭을 굴러다니고, 그들의 친구인 듯한 커다란 셰퍼드까지 어슬렁거리는 까닭에 오늘은 오전 독서를 뒷마당 벤치 대신 옥상에서 하기로 한다.

알아듣지도 못하는 현지 뉴스를 보고 있는 내가 심심해 보였는지 벨라비스타 아저씨가 책을 읽고 싶으면 빌려주겠다고 하셔서 아저씨의 책장에서 몇 권을 빌렸다. 재미보다는 그저 오랜만에 읽는 한글 책들이 너무 반가워서 있는 대로 읽는다.

아마존 어딘가를 아직도 태우는 중인지 탄내가 맡아질 때가 있었는데 이제 그마저도 익숙해진 모양이다. 처음 이곳에 왔을 때 나의 센시티브한 폐는 고산지대의 쌀쌀하고 가벼운 공기층에 그새 적응을 했는지, 약간은 눅눅하고 후텁한 이곳의 이질적인 공기층을 대번에 눈치챘었는데 말이다.

손으로 만져질 듯한 뜨거운 공기 덩어리가 훅~ 더운 바람을 타고 얼굴을 스쳐 지나가니 긴 하품이 저절로 나온다. 낮잠을 자야 할 시간인가 보다. 그리고 떠날 시간인가 보다. 마침 자전거에서 떨어져 무릎에 생긴 상처도 거의 아물었다.

"내일 라파즈로 돌아가려고요" 하는 말에 세 분의 아저씨들이 모두 걱정이다. 지도까지 펼쳐놓으시고 가야 할 길을 펜으로 그어주시며 그 먼 길을 또 어떻게 버스를 타고 가니, 비행기 타고 가지 그러냐, 산타크루스 쪽은 아직 위험하니 고개도 돌리지 마라, 호스텔 위험하지 않겠니, 물은 꼭 사 먹어야 한다…….

다른 건 몰라도 돌아가는 길 자체가 숙제인 것은 확실하다. 이 마을과 이곳에서 만난 사람들도 좋았지만 외길+산길+돌길 위를 달리는 롤러코스터 같은 버스를 타고 꼬박 하루를 달려 안데스를 다시 넘어야 하는 일이 루레 일정을 늘리는 데 일조한 것은 사실이니. 그 길을 몰랐을 때보다 알고 나니 다시 간다는 생각만으로도 엉치뼈가 아파온다.

루레를 떠나는 날에도 비가 왔다. 작은 마을에 있는 택시라야 오토바이 택시가 전부라 오는 비를 피할 수는 없는 노릇이다. 난감해하고 있는 차에 벨라비스타로 걸려 온 전화 한 통. 차가 있으신 마야 호텔 아저씨가 터미널까지 태워다 주신다고 기다리라 하신다. 덕분에 비도 안 맞고 무거운 짐 부담도 없이 버스 터미널에 도착할 수 있었다. 악수를 청하시며 몸 건강하게 여행 끝까지 잘 하라고 격려해주시는 그 마음이 전해져 가슴이 찡하다.

언제나처럼 제시간에 출발할 생각이 없는 버스를 앞에 두고 먼 하늘에 엽서를 쓴다.

라파즈 상공에 들어선 비행기. 창가 자리에 앉았던 여자가 말을 꺼냈대. "땅이 왜 이렇게 반짝거려요?" 그러자 남자가 천연덕스럽게 말했지. "아~ 이 나라 사람들 부자라서 다들 지붕에 금칠을 했거든!" 여자는 물론 그 말을 믿지 않았겠지. 그래도 비행기 안에 있는 이상 무얼 할 수가 있겠어. 마음을 다잡고 다잡았을 여자가 비행기가 땅에 닿자마자 바깥 풍경을 보고는 울음을 터트렸대. 이거 타고 다시 한국으로 가자고, 안 내릴 거라고, 여기서는 정말 못 살 거 같다고.

어쩌다가 한국 사람들이 그 옛날에 이 먼 곳까지 오게 되었을까? 땅 설고 물 설고 이름마저 낯선 이역만리 타국까지 날아와서 삶을 살아야 했던 사람들이 꾸었던 꿈은 무엇일까? 지금보다 훨씬 가난했을 이 나라에 누구보다 큰 꿈을 안고 정말 금칠한 지붕을 가지리라 희망을 품었을 사람들의 삶은 내가 감히 상상도 하기가 어려워.

다만, 그들이 아직도 더 큰 꿈을 꾸고 있으며 더 행복해지기 위한 고민의 끈을 한순간도 놓지 않고 열심히 살아가고 있다는 것만큼은 내 눈으로 보았어. 기름진 땅에서 자라는 나무는 뿌리가 깊지 못하대. 굳이 땅을 파고 들어가지 않아도 필요한 영양분을 얻을 수 있으니 말이야. 하지만 척박한 땅의 나무는 물을 얻기 위해, 영양분을 얻기 위해 계속해서 깊은 땅속으로 뿌리를 내린대. 뿌리가 얕아 세상이 흔들릴 때 같이 흔들리는 나무는 오래 버티지 못하겠지만 깊은 뿌리를 가진 나무는 꿈쩍도 하지 않겠지?

살아가는 데 필요한 에너지를 얻기 위해 땅속 깊이 뿌리를 내린 나무처럼 볼리비아 이 척박한 땅에 삶의 터전을 가꾸고, 오래된 꿈을 실현시키기 위해 정원을 가꾸고. 벽에 페인트칠을 하고, 목재를 다듬는 사람들의 치열한 뿌리내림은 오늘도, 내일도 계속되겠지.

더디게 보이지만 어느 순간엔 반드시 자리 잡은 뿌리가 제 역할을 해 줄 날이 오지 않겠니?

새로운 곳에서 작은 호스텔을 운영하실 벨라비스타 아저씨, 루레 최고의 호텔 주인이 되실 마야 호텔 아저씨, 미국 사는 딸네 집에서 손녀들의 재롱에 시간 가는 줄 모르고 지내실 목공소 오씨 아저씨. 그들이 키우는 뿌리 깊은 나무에도 반드시 실한 열매가 맺히겠지.

우유니,
새하얀 소금 사막 – 네가 바다다

        라파즈에서 몇 날을 더 보내고, 수크레, 포토시를 거쳐 우유니에 도착했다.

오늘 하루 저녁 숙소가 포함된 우유니 투어를 파는 호객꾼들이 버스 정류장에 잔뜩이다. 여행사 몇 군데를 돌아다녀 보니 비슷한 가격대에 비슷한 서비스를 제공하는 듯해 가장 말발이 센 여행사에 그간 아끼고 아꼈던 달러를 내놓는다. 국경인 데다 세계적으로 유명한 여행지이다 보니 환율이 형편없었던 터에 싸게 준비해놓았던 달러가 요긴하게 쓰였다.

10시 반에 출발한다던 투어 차량은 11시가 넘도록 나타나지 않았다. 가솔린 충전소에 문제가 있다는데 다른 여행사의 차들은 잘도 출발한다. 기다리다 지친 핀란드 아저씨가 불같이 화를 내며 돈을 돌려받아 나가버렸다. 볼리비아는 내게 있어 제시간에 되는 건 정말 하나도 없는 나라다.

12시 땡 하기 직전에야 지프차가 나타났고 그제야 다른 여행사를 돌며 인원을 채웠다. 각각 다른 여행사를 통해 투어를 신청했는데 참 신기하기도 하지. 지프차에 올라타는 사람들은 포토시에서 우유니로 올 때 같은 버스에 탔던 독일 커플과 프랑스인들이었다.

포토시에서 우유니로 오는 버스도 한두 대가 아니고, 우유니에 여행사는 셀 수도 없이 많은데 어쩜 이런 우연이.

이리 되고 보니 이 동네 투어 시스템을 알겠다. 여행사는 인원 상관없이 손님들을 받은 후에 연결되어 있는 몇 곳의 여행사들과 조인해서 지프차 인원을 맞추는 모양이었다.

"너 어제 포토시에서 왔지?"

"버스 멈춰서 얼마나 걱정했는지 몰라."

버스 타고 오는 동안엔 한마디도 안 했던 우리가 금세 친구가 되었다.

1억 년 전, 융기해 솟아올랐던 바다가 빙하기를 지나면서 녹기 시작해 호수가 되었다. 건조한 날씨 덕분에 물은 모두 증발하고 소금 결정만 남아 사방이 모래 대신 소금뿐인 사막이 만들어졌는데 그곳이 바로 살라르 데 우유니 Salar de Uyuni, 우유니 소금 사막이다. 석회암이 녹고, 굳고, 흘러내려 만들어진 새하얀 석회암 지대인 터키의 파묵칼레에서처럼 눈을 뜰 수가 없을 정도로 새하얗다.

12~3월 사이 우기에는 바닥에 찰랑찰랑 물이 차 있어 하얀 소금 대신 하늘과 내가 그대로 바닥에 투영되는 세상에서 가장 큰 거울이 되는 곳이지만, 건기의 우유니 소금 사막은 새파란 하늘 아래 거북이 등짝처럼 쩍쩍 갈라진 광활한 소금밭이 펼쳐지는 곳이다.

이리 봐도 저리 봐도 이정표 하나 없는 새하얀 소금 사막의 지평선 너머에서 불어오는 찬 바람은 안데스 고봉에서부터 넘어왔을 것이며, 아마도 1억 년 전에는 넓디넓은 바다 저 끝 수평선을 넘어 다녔을 것이다. 수평선이었을 지평선을 보고 있자니 아마도 볼리비아는 바다와는 인연이 없는 나라인가 싶기도 하다. 있던 바다조차 사막으로 변해버렸으니 말이다.

작은 소금 언덕에 올라가 발끝을 세워보아도 보일 리 없는 지평선 그 너머를 동경해본다. 눈을 감고 두 손을 오므려 양쪽 귀에 갖다 대니 귓전을 스치는 조용한 바람 소리가 파도 소리처럼 아스라이 들려와 사진을 찍느라 분주하게 움직이는 사람들의 발소리도 들리지 않고, 여기저기서 들리던 탄성도 멀리로 사라진다.

커다란 소라 껍데기를 귀에 대고 내 피가 흐르는 소리를 들으며 파도 소리라고 착각하는 것처럼 공명은 이명이 되어 나를 볼리비아의 새하얀 바다 한가운데에 데려다 놓았다.

"바모스~ 바모스~"

다른 곳으로 이동한다는 가이드 겸 운전사인 요르단의 외침에 눈을 번쩍 뜨니 빈혈 환자처럼 휘청 흔들린다. 셔터 스피드 조절 잘못해서 조리개가 한꺼번에 열려 새하얀 빛만 찍힌 사진 같은 우유니 소금 사막이 내 마음에 찰칵, 찍혔다.

사막 한가운데의 소금 호텔로 자리를 옮겼다. 얼음밖에 없는 곳에서 얼음으로 집을 짓는 것처럼 소금밖에 없는 곳에서 소금으로 집을 지었는데 그게 그렇게 신기할 수가 없었다. 시루에서 방금 꺼내 먹기 좋게 잘라낸 떡처럼 네모반듯한 소금 돌로 만든 건물도, 테이블도, 의자도, 침대도 말이다. 변기도 소금인가 싶지만 화장실을 사용하려면 돈을 내야 하니 생략.

그리고 보니 정말 궁금하다. 배수 시설이 따로 있는 것도 아닐 텐데 화장실 어쩌지?

호텔 앞에 작은 웅덩이에는 물이 담겨 있었다. 소금 결정들이 햇빛에 반짝거리는 모습에 작은 소금 결정 하나를 꺼내 들어 왼손 약지 위에 올려놓았더니 영락없는 다이아몬드!

이 호텔에서 점심을 먹고 어부의 섬 Isla del Pescador으로 향했다. 바다에 섬이 있는 것이 이상할 이유가 없다. 바다였던 이곳에도 섬이 있다.

물고기 모양의 산호초 섬에는 잉카인들이 심어놓았다는 선인장이 가득하다. 1년에 1cm가 자랄까 말까라는 선인장의 키가 12m가 넘는 것들이 있다니 그 옛날의 잉카인들도 과연 센스가 만점이다. 사막에 선인장이 필수 아이템이라는 것을 그때 이미 알고 계셨어! 만세를 하고 있는 선인장, 파이팅을 외치고 있는 선인장, 연인처럼 다정하게 서 있는 선인장들을 구경하며 섬의 꼭대기에 오르면 그야말로 장관이다. 흰 눈이 온 것 같기도 하고, 얼음뿐인 남극의 어디 같기도 하다.

그리고 그 사막 안에 있을 때는 몰랐던 인간이 만들어놓은 까만 흔적 한 줄. 새하얀 소금 사막에 자동차가 달린 흔적이 하얀 도화지에 까만 색연필로 주욱 그어버린 것처럼 선명하게 남아 있었다. 우기가 되면 자연스럽게 없어지겠지 하며 안심한다.

여행에서 아쉬움을 남긴다는 것은 어떤 뜻일까? 이 먼 곳까지 왔는데 아쉬움 한 톨 없이 하고 싶은 것, 보고 싶은 것 다 하고 다 보고 가면 얼마나 좋겠냐마는, 할 수 없는 것, 볼 수 없는 것은 존재하기 마련이다. 내게 우유니 소금 사막은 사실 볼 수 없는 것이었다.

이미 다녀왔지만 볼 수 없었던 것, 우기의 우유니. 여행에서 아쉬움은 그런 것이다. 언제 다시 갈 수 있을지 모를, 손에 쥐고 있는 많은 것을 버려야만 갈 수 있는 그 먼 곳에 다시 가야만 하는 이유.

바닥에 소금을 그러모아 열을 지어 쌓아놓은 소금 산, 소금 바닥
에 벌렁 누워 하늘을 바라보며 "네가 바다다" 했던 기억, 허허벌판
새하얀 소금밭에 세워진 빨간 지프의 기다란 그림자가 우기의 그것

보다 못해서가 아니라 그것과는 다르기 때문에 또 한 번 꿈을 꿀 수 있고, 떠날 수 있는 이유가 내게 생긴 것이다.

소금 사막 근처 산 후안 San Juan 이라는 작은 마을의, 소금으로 만들어진 작은 호스텔에 짐을 풀었다. 추워서 옷을 있는 대로 껴입고 침낭 속에 들어가 모포도 석 장이나 덮고 잠이 들었다. 고산지대에서 특별히 고산 증세로 고생을 한 것은 아니지만 계속 잠이 옅게 들

어 자고 있으면서도 온갖 소리가 다 들리곤 했는데 이곳에서는 워낙 사방이 조용해서 그런지 꽤 잘 잤다.

아침을 먹고 맨 처음 간 곳은 활화산인 오야구에 화산 Volcan Ollague. 한쪽 경사면에서는 쉼 없이 증기가 뿜어져 나오고 있었고 유황 때문인지 산줄기 곳곳이 하얗게 변해버린 모습이 마치 용암이 흘러내리고 있는 것만 같아 가슴이 철렁했다.

그 다음부터 가는 곳은 계속해서 호수다. 새파란 하늘을 그대로 담은 새파란 호수 가장자리에 소금 띠가 하얗게 자리 잡은 카나파 호수 Laguna Canapa, 플라밍고 서식지인 에디온다 호수 Laguna Hedionda.

채색된 호수, 콜로라다.
자연은 참 수상도 하지.
어쩌자고 이렇게 아름다운 환경오염을.

자동차 안테나처럼 가느다란 다리를 모델처럼 접었다 폈다 하면서 앞으로 나아가 완벽한 S 라인의 목을 숙여 물속에 부리를 박는 플라밍고의 그 모습이 어찌나 우아한지, 게다가 블링블링한 분홍빛 깃털로 덮인 작은 몸체에 붙어 있는 두 날갯죽지를 파닥거리며 물 위를 날아오르는 자태는 또 얼마나 화려한지!

플라밍고는 살지 않지만 에메랄드 물빛이 너무나 아름다운 온다 호수 Laguna Honda, 여우와 비쿠냐가 뛰노는 실로리 사막을 지나 도착한 곳은 오늘의 마지막 호수인 콜로라다 호수 Laguna cololada.

콜로라다 호수는 살면서 내가 본 가장 아름다운 호수이고, 앞으로 이보다 더 아름다운 호수를 볼 수 있을 것 같지 않을 정도로 감탄이 절로 나왔다. 산이 병풍처럼 둘러쳐져 있지만 산을 수면에 비추지 못하는 호수. 호수의 물빛은 상상을 초월했다. '채색된 호수'라는 뜻의 콜로라다 호수는 과연 새빨갛고 새파랗고 새하얗게 채색된 물빛을 가지고 있었다.

광물이 다량으로 함유된 호수에 사는 플랑크톤이 햇빛의 강도에 따라 다양한 색깔의 호수를 만든다. 색색깔 곡선 경계가 뚜렷한, 진심으로 아름다운 호수였다.

아마도 이것이 생물 시간에 배웠던 적조일 것이고, 뉴스에서 간혹 볼 수 있는 부영양화에 따른 오염의 모습일 텐데, 자연은 참 수상하기도 하지. 어쩌자고 이렇게 아름다운 환경오염을.

그냥 감탄만 해도 되는 것인지 싶어 마음은 살짝 불편하지만 물과 유기양분, 플랑크톤과 햇볕과 소금기가 만든 세상에서 가장 아름다운 호수 덕분에 오늘도 눈이 호강이다. 하지만 오래 머무는 것은 불가능. 해발고도 5450m라는 표지판 앞에서 몸이 휘청거릴 정도로 불어대는 바람에 맞서다 보니 정신이 없었다. 바람한테 예리하고도 차디찬 뺨따귀를 맞고 있는 기분이랄까. 날씨는 또 얼마나 추운지 사진을 찍느라 내놓은 손과 한 겹 양말만 신은 발은 그대로 잘라내도 무방하다면 그러고 싶을 정도였다.

4시밖에 되지 않았지만 숙소에 일찍 가는 것이 다행이었다. 얼어 죽을 것 같아서 벽과 지붕이 있는 곳이라면 어디라도 들어가고 싶었으니 말이다.

춥다 춥다 얘기를 하도 많이 들어서 마음의 준비는 하고 왔지만 해발 5000m 찍고 거기서 잠까지 자려니 여간 고역이 아니다. 뒤집어쓸 수 있는 것은 다 뒤집어썼지만 이가 딱딱 부딪치도록 혹독하게 추웠던 밤, 별과 달은 떴던가?

투어 마지막 날은 새벽 4시부터 일정이 시작된다. 활화산 지대의 땅에서 가스가 분출되는 시간이 있기 때문에 거기에 맞춰서 가야 한다는 설명이다.

새벽부터 부산을 떨며, 땅에서 가스가 나오고 진회색의 용암이

Laguna Verde,
건너편 사이
데칼코마니처럼 들어앉은
나의 마지막 볼리비아.

끓고 유황 냄새가 가득한 곳에서 어슴푸레 떠오르는 해맞이를 하고 아침 먹으러 장소를 옮겼다.

아침을 준비하는 동안 간헐천에서 온천욕을 하고 오라는데 온천수 나오는 곳에 땅만 파놓은 격이라 실제로 온천욕을 즐기기에는 무리가 있어 보였다. 근처에 옷을 갈아입거나 온천을 하고 나와서 정리를 할 만한 장소가 없었기 때문에 손발만 담그는 것으로 만족했던 나와는 달리 우리 외국인 언니, 오빠, 할머니, 할아버지들은 속옷만 입고도 들어가시고 심한 경우에는 정말 누드쇼를 방불케 할 정도로 뒤로 돌아 홀딱 벗고 수영복으로 갈아입기까지 했다. 그 정도로 좋은 곳이면 나도 체면 불구하고 들어앉아 볼 것을.

칠레로 가는 길의 마지막 호수는 베르데 호수 Laguna Verde 다. 유리 알같이 깨끗하고 파란 호수가 그대로 한 폭의 그림이다. 건너편 산이 데칼코마니처럼 호수 안에 들어앉아 있는 모습에 감동도 더블~ 아, 여긴 서반아어 지역이지. 감동도 도블레~

칠레로 넘어가든 다시 우유니로 돌아가든 이곳은 마지막 투어지다. 그리고 내게는 마지막 볼리비아다. 여전히 바람이 세찼지만 한참이나 호수 곁에 쪼그리고 앉아 있었다.

담배를 태울 줄 알았다면 참 좋았으련만 하는 생각이 들었다. 일도 많고 탈도 많았던 볼리비아지만 거쳐온 그 어느 나라보다 추억이 많았던 곳이기에 회한의 담배 연기 한 줄기가 어울리겠다는 생각이 들었다. 볼이 쏘옥 들어가도록 깊게 마지막 한 모금을 빨아들였다가 후우 연기를 내뿜으며 담배꽁초를 틱 튕기고는 쿨하게 "다음에 또 보자!" 하는 영화 속 장면인지, 소설 속 한 구절인지가 머릿속에 맴돈다.

수없이 많은 돌탑 위에 작은 돌 하나를 얹고 "다음에 또 보자!"

한다.

아침 9시가 다 되어 국경에 도착했다.

2박 3일 동안 같이 지냈던 일행들과는 여기서 헤어진다. 그들은 여기까지 함께 타고 온 지프차를 타고 "차오" 손을 흔들며 멀어져 갔다.

나는 칠레로 가는 버스를 탔다. 몸은 칠레로 향하면서 자꾸만 뒤를 돌아본다. 페루에서 볼리비아로 넘어올 때처럼 뒤가 밟힌다.

사람들도 쌀쌀맞고, 아시안 너무 무시하고, 물건 값도 절대로 안 깎아주고, 사기도 많이 치지만 그럼에도 불구하고 볼리비아는 훌륭하다고 몇 번을 말해주어도 아깝지 않은 곳이다.

볼리비아, 넌 정말 So Hot !

우유니 투어는 우유니 소금 사막만 보는 하루짜리 투어와 소금 사막
을 하루 보고 라구나 베르데 국립공원을 거쳐 칠레로 넘어가는 2박
3일 투어가 있다. 우유니 소금 사막이 목적이고 다음 목적지가 아르

헨티나라면 1일 투어 추천, 해발 5000m 이상의 얼어붙은 호수에서
플라밍고 군무 장면도 보고 싶고 다음 목적지가 칠레라면 2박 3일
투어 추천.

칠레,
대한민국을 꼭 닮은 지구 반대편 그 나라로

페루에서 볼리비아로 들어올 때는 그냥
문만 하나 덜렁 있더니 볼리비아에서 칠레로 나가는 국경은 광활한
사막에 마치 아무 데나 꽂힌 것처럼 보이는 쇠막대기 두 개에 쇠사

슬이 걸쳐져 있을 뿐이다.

대한민국의 유일한 국경이 가장 익숙한 나에게 이런 달랑 쇠봉 두 개인 국경은 어쩐지 유치원생들 소꿉장난처럼 보인다. 머지않아 남미도 EU처럼 연합하는 날 오지 싶다.

한눈에 보기에도 깨끗하고 시설이 좋은 미니버스가 이제 나를 칠레로 데려다 줄 것이다. 흙먼지 날리고 큼지막한 돌덩이가 나뒹구는 비포장도로는 거짓말처럼 칠레와 볼리비아 국경에서부터 끝이 나고 깨끗하게 닦인 아스팔트 도로가 시작된다.

잘사는 냄새가 물씬 나고 심지어 날씨도 따뜻해졌다.

이미 꽤 오랜 세월을 견딘 듯 붉은 기운이 저 멀리 달아난 어도비 벽돌로 지은 호텔, 레스토랑, 기념품 가게, 여행사가 전부인 작은 사막 마을 산페드로 데 아타카마와 '밤에 연인이 창가에서 불러주는

세레나데처럼 달콤한 도시일 거야!'라는 생각을 하게 만드는 라 세레나에서 며칠간 나이롱환자 노릇을 하며 게으름을 피웠다.

덕분에 어딘가에서 하릴없이 머물 때마다 해댔던 스도쿠는 이제 가장 쉬운 부분만 남아버렸다.

발파라이소,
유럽 무한 반복

　　마드리드가 강남의 테헤란로 같다면 산티아고는 강북의 종로 같다. 오래된 도시 같으면서도 근대적인 고층 빌딩들이 줄지어 서 있고, 깨끗하게 정비되어 있는 넓은 도로와 울퉁불퉁 보도블록 깨진 길이 나란하며, 잘 차려입고 서류 가방을 옆에 낀 샐러리맨과 바지를 벗고 길 한복판에 쓰러져 있는 술 취한 남자를 동시에 볼 수 있는 곳.

　　오스트리아 빈의 쇤브룬 궁전을 가로로 싹둑 베어내고 하얀 페인트칠을 하면 짜잔! 칠레의 대통령 궁이 될 것이 틀림없다. 분수에서는 자고로 애들이 물을 뒤집어쓰고 뛰어다니고 잔디밭엔 연인들이 제집인 양 나뒹굴어야 제맛인데, 바리케이드까지 쳐놓은 대통령 궁의 앞마당을 마주하고 있자니 20세기 최악의 대통령이라는 피노체트가 아직도 살아 있는 게 아닌가 싶을 정도다. 자유광장이라는 이름과 전혀 어울리지 않는 철통 경비다.

　　발파라이소로 가는 버스를 타기 위해 알라메다 터미널로 향했다. 10시에 출발하는 버스를 타려고 숙소에서 9시쯤 나왔다.

　　트루 버스 Tru Bus 창구에 가서 10시에 가서 7시에 돌아오는 버스 티켓을 달라고 하니 10시 버스는 이미 출발을 했단다. 간당간당하게 도착한 터라 아깝게 놓쳤구나 싶어 11시 버스 티켓을 달라고 한다. 직원이 시계를 보더니 11시 버스 티켓을 줄 수는 있지만 지금 당장 뛰어가도 탈 수 있을지 모르겠단다.

엥? 손목시계를 가리키며 이제 10시라고 말하는 내게 "허허" 웃으며 자기 손목시계를 보여준다. 11시? 지금이 11시라고? 정말 지금이 11시냐고 물으니 직원이 "아" 하며 오늘부터 서머타임이 적용된다는

사실을 알려준다. 서머타임이 매우 낯설었던 나에게는 아무 짓도 안했는데 1시간이 사라졌고, 사라진 1시간을 찾아 헤매다가 또 1시간을 놓쳐버린 어이없는 상황일 뿐이다.

하는 수 없이 12시 버스로 발파라이소로 향한다. 산티아고에서 발파라이소까지는 1시간 반 정도가 소요된다. 와인 대국답게 키 작은 포도밭이 끝없이 이어지는 길을 따라 달리고 달렸다. 버스에서 내리니 발파라이소엔 비가 온 모양인지 땅이 축축하다. 일요일이라

시내에 사람도 별로 없는데 비까지 와서 도시는 약간 을씨년스러웠다. 그래도 시장은 북적이게 마련. 중앙시장엔 항구도시답게 생선 가게가 꽉 들어차 있었다.

생선 비린내가 상큼하지 못하기도 했고 너무 거친 호객 행위에 살짝 당황하여 시장을 빠져나오는데, 이가 거의 없는 아주머니 한 분이 내 팔을 잡고는 아주 경치 좋은 곳을 소개해주겠단다. 길까지 건너 나를 끌고 시장 오른쪽 맨 끝 길까지 데려다 주며 이 길을 따라 언덕까지 올라가면 너무나 아름다운 발파라이소를 볼 수 있다는 설명.

고맙다고 인사를 하고 언덕을 오르기 시작했다. 헥헥거리며 언덕을 올라보지만 경치가 좋아질 것 같지 않다. 저 멀리 항구는 자꾸 시야에서 사라지고, 폐허가 나타나고, 불량해 보이는 청년들이 내 뒤를 따르고, 점점 후미진 곳으로 들어가고 있는 듯한 느낌을 지울 수가 없었던 것이다.

카메라를 꼭 쥐고 가방을 앞으로 메고는 더 가야 할지, 이제 그만 내려가야 할지 고민하고 있는데 길 건너에 덩치 큰 아저씨가 내게 이리 오라는 손짓을 한다. 못 본 척 지나치려는데 아저씨가 성큼성큼 걸어 내 앞으로 온다. 덜커덕 겁이 나서 도망갈 생각은 하지도 못하고 그대로 붙박이가 되어 아저씨를 기다리는 꼴이 되었다.

아저씨가 내 손에 쥐고 있는 카메라를 휘파람 소리를 내며 휙 빼앗아 가는 바람에 두 눈 시퍼렇게 뜨고 카메라를 도둑맞는 줄 알았다. 깜짝 놀란 토끼 눈을 한 내게 카메라를 돌려주며 이 길엔 도둑이 많다고 사람 많은 광장 쪽으로 어서 내려가라고 말해주어 후들거리는 다리를 추스르고 언덕 아래로 후다닥 내려간다.

정말 그 언덕 끝엔 끝내주는 발파라이소 뷰포인트가 있었을까? 나를 따라왔던 두 청년은 선량한 사람들이었을까? 아주머니는 정말 어리바리해 보이는 동양 소녀에게 본인이 살고 있는 이 고장의 멋진 모습을 보여주고 싶었던 걸까?

별별 생각이 다 든다. 모든 사람을 의심할 필요까지는 없지만 조심해서 나쁠 것도 없다는 기특한 생각으로 불안한 마음을 다져본다.

발파라이소는 언덕에 자리 잡은 도시이기 때문에 관광용이 아닌 실제 교통수단으로 아센소르라는 장롱 같은 나무 엘리베이터가 도시 이곳저곳의 언덕을 연결한다. 100년이 넘은 것도 있다니 생명보험 생각이 절로 난다. 소토마요르 광장 앞에서 아센소르 엘 페랄 Ascensor El Peral 을 타면 1분 만에 알레그레 언덕 꼭대기, 바부리차 궁전 앞까지 올라갈 수 있다. 그곳에서 발파라이소 태평양을 내려다보면 스페인 정복군이 이 도시를 보고 왜 "Valle Paraiso 천국의 계곡이

다!"라고 외쳤는지 알 수 있다.

시야 가득 마주한 검푸른 태평양에서 불어오는 바람이 상쾌하고, 항구를 둘러싼 언덕마다 무지갯빛 찬란한 색색으로 벽체를 칠한 집들이 빼곡하게 들어선 모습이 정교한 모자이크화를 보는 것 같다.

이름에서 느껴지는 쓰띠한 느낌 때문이었는지 작은 마을일 줄 알았던 발파라이소는 이렇게 내려다보니 그 규모가 엄청나게 컸다. 언덕에 게딱지처럼 붙어 있는 집들이 정말 셀 수도 없어 이탈리아의 포지타노를 이천다섯 개쯤 이어 붙이면, 아니면 평지가 거의 없어 절벽에 매달린 듯한 집들이 아슬아슬한 모나코를 Ctrl+C, Ctrl+V를 천 번쯤 반복하면 발파라이소가 툭 튀어나올 것 같았다.

파나마 운하가 생기기 전까지 남미 최고의 무역항이었던 이 도시의 위용이 선명한 오렌지색 벽만큼이나 화려했으리라는 것이 짐작이 간다.

발파라이소는 몇 개의 언덕으로 이루어져 있는데 그중에 알레그레 언덕에 있는 집들의 벽은 2차원 평면에 머물기를 거부하고 3차원 공간으로 재탄생했다. 발파라이소 전경을 익살스럽게 그린 기다란 벽화에서부터 예사롭지 않은 붓 터치의 정신 나간 보라색 여자, 우산을 쓰고 빗속으로 사라지는 소녀, 어느 집 살림살이, 금방이라도 하늘로 날아갈 듯한 종이비행기, 비가 오면 정말 걷어야 할 것 같은 빨래, 벽화라면 빠질 수 없는 발가벗은 여자 등등 이 언덕은 통째로 거리 미술관이다.

아센소르나 타고 왔다 그냥 갈 뻔한 언덕에서 만난 예상치 못한 벽화 덕분에 발파라이소 나들이가 다채로워졌다.

안데스 한가운데 칠레 출구.
아르헨티나 입국. 무려 새벽 2시.
하아아아아아아암.

아르헨티나로 가는 길은 너무 어려워!

발파라이소에서 돌아온 저녁, 멘도사로 가는 버스 티켓을 알아보니 10시경에 출발하는 버스 회사 창구가 스무 개는 되어 보였다. 9시가 넘은 시간에도 당일 티켓을 팔려는 사람들이 북적이는 것을 보며 티켓은 당일에 사기로 하고 시간대와 가격만 확인한 뒤 숙소로 돌아왔다.

멘도사로 떠나기로 한 날, 체크아웃을 한 호스텔에 짐을 맡기고 적당히 산티아고를 어슬렁거리다가 저녁 무렵에 호스텔로 돌아왔다. 지나치게 발랄하고 목소리가 기차 화통을 삶아 먹은 듯이 큰 호스텔 주인 찰스가 아직도 안 떠났느냐며 눈을 똥그랗게 뜬다. 멘도사 가는 버스는 10시인데 여기 로비에서 잠시 머물러도 되겠느냐고 양해를 구하니 '얼마든지~' 하는 시늉을 해 보이지만 그 미소에서 그다지 진심이 느껴지지 않는다.

9시가 넘어 호스텔을 나섰다. 배낭에 캐리어까지 있었지만 지하철 비용을 아끼는 차원에서 알라메다 터미널까지 걸어가기로 한다. 늦은 시간이긴 하지만 호스텔 근처가 대학가이고 터미널까지는 큰길을 따라가면 된다.

10시가 거의 다 되어서야 터미널에 도착했다.

그런데 이상한 일이다. 어제까지만 해도 이 시간에 "멘도사~ 멘도사~ 너 어디 가니? 멘도사 가니?" 하며 들러붙었던 호객꾼들이 하나도 없다. 문이 열린 창구 하나에 가서 물어보니 모두 매진이란다. 설마! 표가 다 팔렸다고? 다른 창구도 마찬가지였다. 대형 버스는 물론 미니버스들까지도 몽땅 표가 단 한 장도 없단다.

아니, 뭐 이런 일이 다 있어? 남아돌아 보이던 버스 티켓이 어째서 한 장도 없는 거지? 망연자실한 내게 트루 버스 창구 직원이 내일 표를 사는 것밖에는 방법이 없다고 친절하게도 확인 사살을 해준다.

내일 티켓을 사고 터덜터덜 걸어 11시가 훌쩍 넘은 시간에 다시 호스텔로 돌아올 수밖에 없었다. 짐도 무겁고 마음도 무거웠다. 이대로 주저앉아 울어버리고 싶을 정도로 심정이 복잡 미묘했다. 그 와중에도 '돌아갔는데 호스텔에 빈 침대 없으면 정말 재미있겠다' 하는 위트 있는 상상도 잊지 않는다. 호스텔은 자리가 있는 정도가 아니라 텅텅 빈 듯했다. 그래, 그렇지! 다들 멘도사에 갔겠지!

내가 바로 오늘 아침에 짐을 뺀 침대가 비어 있어서 다시 그 침대에 짐을 풀고 씻지도 않은 채로 잠을 청해본다. 억울한 이 심정을 하소연할 곳이 없다.

어제까지도 남아돌던 멘도사행 버스 티켓이 하필 오늘 없는 것이 이 나라 잘못은 아니지만 이 나라 자체에 불현듯 짜증이 밀려왔고, 이 호스텔에서 일하는 한국인 스태프는 나의 대한민국 여권을 보고서도 한국말은 자기 친구랑만 사용하기로 했는지 나에게 영어로 응대해 이 호스텔에도 정나미가 뚝 떨어진 상태였다.

날이 밝고 부스스 일어나 아래층에 내려갔더니 찰스가 깜짝 놀라며 "어제 떠나지 않았어?"라고 묻는다. 분명히 간다고 인사까지 하고 떠난 아이가 다음 날 아침에 또 나타났으니 놀라기도 했을 거다.

터미널에는 무려 1시간이나 일찍 도착했다. 터미널에 서둘러 간다고 아르헨티나에 빨리 도착하는 것도 아니지만 이 나라에서의 불편한 마음을 감출 수가 없었기 때문에.

남은 표가 한 장도 없었던 어제와는 확연히 다르게 오늘 버스는 절반 정도를 겨우 채웠다. 더욱 억울해진 심정으로 출발과 동시에 눈을 감아버린다. 어제는 도대체 무슨 날이었을까? 왜 멘도사로 가는 버스 티켓이 없었을까? 나는 왜 버스 터미널에 그렇게 자주 갔으면서 티켓도 사놓지 않은 걸까?!

이런 말이 떠오른다. 頭腦量貧弱 肉體大苦生 두뇌량빈약 육체대고생 이라. 머리가 나쁘면 수족이 고생한다는 옛말 틀린 것 하나 없다. 어디 가면 다음 옮길 곳 버스 티켓부터 사수하는 건 상식이잖니!

차창에 쿵쿵 머리를 찧으며 자다가 으스스 한기가 느껴져 눈을 떴다. 새벽 1시가 다 되어가는 시간을 확인하며 잠이 깰락 말락 정신이 들락 말락 하는 참에 차창 밖을 보고는 우와, 세상에! 눈이 번쩍 뜨였다. 이렇게 야심한 시각에 흑백이 확연한 눈 쌓인 안데스의 밤하늘에 쏟아질 듯 잔뜩인 별들과 땡그란 보름달이 장관이다.

안데스 한가운데에 칠레와 아르헨티나의 국경이 있는 모양이다. 새벽 2시가 다 되도록 버스는 긴 줄을 서서 국경을 넘는 절차를 거치는 중이다. 차례가 되면 모두 내려 칠레 출입국 사무소에서 출국 수속을 마치고 바로 옆 아르헨티나 출입국 사무소에서 입국 수속을 한다. 버스에서 잠시 대기하고 있다가 짐을 모조리 꺼내서 작은 가방 하나 빼놓지 않고 짐 검사를 받았다.

드디어 길고 긴 출입국 수속을 모두 마치고 다시 버스에 올라타 잠이 들었고 버스 차장이 깨웠을 때에는 이미 다른 사람은 모두 내린 후였다.

예약해둔 호스텔은 터미널 앞 언더그라운드를 빠져나가 왼쪽 길로 들어서자마자 있었다. 예약이 하루 미뤄지긴 했지만 남은 침대는 있다며 정리가 되어 있는지 보고 오는 동안 커피를 마시고 있으란다. 어머나, 친절하시기도 해라. 아직 모두가 자고 있는 새벽이라 조심스럽게 가방만 놓고 나왔더니 부엌을 알려주며 아침도 먹으라고 권한다. 오예~ 최고최고! 칠레의 호스텔과는 비교도 할 수 없다.

이제야 안심이 된다. 나는 드디어 아르헨티나, 멘도사에 와 있는 것이다!

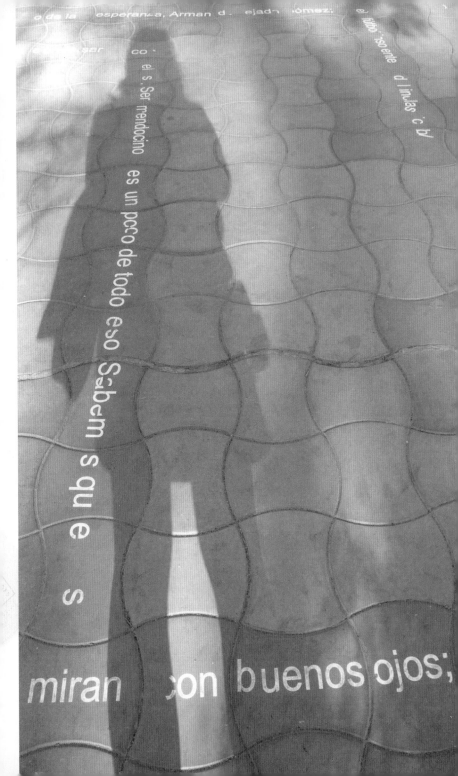

o de la   esperanza, Arman d _ ejad ómez:

... ser   co ·

el s. Ser mendocino

es un poco de todo eso Sabem s que

e s

miran con buenos ojos;

아르헨티나

ARGENTINA

아르헨티나 국기를 보면 늘 왜 선명한 파란색 대신 하늘색을 썼을까 싶었는데, 아무래도 이 나라 하늘 색이 그래서 그리

한 모양이다. 하늘색 하늘과 햇솜 덩어리 같은 흰 구름, 그리고 그 하늘의 눈부신 태양. 아르헨티나 국기는 아르헨티나 하늘

을 그대로 담고 있다. 올리브나무 위로 밑면 반듯한 뭉실한 구름이 이 앞에서부터 저 끝까지 층층으로 떠 있는 모습 또한 그

림이다. 땅덩이가 넓어서 그런지 하늘도 참 넓다.

멘도사,
와인 권하는 도시

씻고 나가는 길에 호스텔 스태프에게 원래는 어제 멘도사로 오려고 했는데 표가 없었다고 하소연을 하니, 어제는 남미 대륙 발견의 날로 멘도사에서 큰 와인 축제가 있었다고 한다! 결국 다들 멘도사에서 이 대륙이 발견된 날을 기념하며 와인을 부어라 마셔라 하는 동안 나만 그 우중충한 호스텔에 있었던 거야! 표 사놓을걸, 더더욱 후회막급.

그래도 나를 위해서!는 아니고, 워낙에 이 호스텔은 밤마다 파티가 열리는지 오늘 밤에도 와인 파티가 예정되어 있었다. 유후!

멘도사의 길은 하나하나가 그대로 공원이고, 잘 가꾸어놓은 어느 집 정원에 놓인 테이블은 또 그대로 카페가 된다. 어떤 길을 걷더라도 소풍 온 기분이다. 남미 대부분의 대도시엔 작은 공간이라도 버려두지 않고 나무 심어놓고 벤치라도 몇 개 갖다 놓고 공원이라고 이름 붙인 곳이 많은데, 그중에서도 멘도사에는 유난히 공원이 많다. 가장 크고 멋진 분수가 있고, 나무 그늘 아래 잔디밭에만 들어가도 시원한 바람이 불어오는 인디펜덴시아 공원을 중심으로 이탈리아, 칠레, 산마르틴, 스페니시 공원에도 각각의 특징을 가진 분수

와 조형물이 설치되어 있으니 일없이 공원에 앉아 보내는 시간조차 전혀 아깝지 않다.

안데스에서 녹아 내려오는 관개용수로가 도시를 관통하고 싱그러운 푸른 숲이 그대로 도시가 되어 푸름과 맑음이 차고 넘치는 곳이 바로 여기, 멘도사다. 건조한 고원지대 척박했던 땅을 일구어 만든 도시라 그런지 공원마다 분수를 잊지 않았다. 모자란 것을 채우고 지키기 위한 인간의 노력은 언제나 한계가 없다.

이 도시에서 가장 눈부시게 은빛으로 빛나는 길은 가로수 터널이 끝이 없는 산마르틴 길. 신문을 읽는 할아버지와 눈인사를 하고, 가방을 메고 다다다다 뛰어가는 꼬맹이를 붙잡아 되도 않는 스페인어

로 말도 걸고, 잘 지어놓은 모델하우스 같은 집 앞에서 우리 집인
양 사진도 한 장 박고, 길에서 저글링을 하는 소년에게 박수도 쳐주
고…… 이런저런 참견을 하며 걷다 보면 어느새 산마르틴 공원에 다
다른다.

　안내소에서 얻은 지도에 의하면 이 공원은 단지 공원이 아니라 없
는 것 없는 종합 레저 타운이다. 장미 화원과 인공 호수, 카레이서
서킷, 야외극장, 축구 경기장, 테니스장과 박물관까지 갖추고 있으
니 나도 이런 커다란 공원이 있는 도시에 살았더라면 군살 없고 맑
은 피부를 갖고 있었을 것만 같다.

　아직 덜 피었지만 날이 조금 더 따뜻해지면 700여 종의 장미가 빽

빽하게 피어날 것이 틀림없어 보이는 장미 정원을 등지고 인공 호수 그늘에 자리를 잡았다. 팔뚝이 우람한 조정 선수들이 열심히 노를 젓는 모습을 보니 흐뭇하다, 흐뭇해.

야간 이동에 자다 깨서 국경까지 넘었으니 피곤도 하여, 포도 넝쿨이 만든 그늘 아래 벤치에서 카메라를 품고 잠이 들었다. 집 나온 지도 어언 반년이 넘었고, 한데서 자는 일도 다반사였던지라 반노숙인. 서울역에 지금 당장 갖다 놔도 손색이 없다.

자다 보니 벌써 파티를 준비해야 할 시간이다. 곱게 화장도 하고, 샬랄라 드레스도 입고, 와인 파티에 어울리는 귀걸이도 찾고, 하면 참 좋겠지만! 음식 준비를 하러 갈 뿐이다. 부엌데기 같으니!

오늘의 메뉴는 스위스 퐁듀란다. 나에게 맡겨진 임무는 마늘로 치즈를 끓일 냄비를 문지르는 아주 하찮은 일. 왜 문지르는지 이유는 알 수 없지만 그래도 열심히 문지른다. 샐러드가 준비되고, 찍어 먹을 빵도 준비되고, 치즈도 퐁퐁 끓고 있으니 준비 완료!

빵에 발라 먹는다고만 생각했던 둘세 dulce de leche, 우유를 캐러멜 상태로 만든 디저트를 "유럽에서는 너무 비싸 이렇게 먹는 일은 상상도 할수 없지!"라며 통째로 들고 퍼먹던, 콧구멍을 흐흥거리는 이름을 가졌던 프랑스 청년 덕분에 새로운 군것질거리를 알게 되었고, 콜라와 와인을 흡사 장인 정신까지 발휘하여 3.4 대 6.6 정확한 비율로 섞어 주던 칠레 부녀 덕분에 불법 제조 상그리아와 맞먹는 제조주 하나를 또 알아냈으며, 부에노스아이레스에서 여행을 시작하자마자 가방을 소매치기당했다는 캐나다 커플에게서는 버스 정보와 아르헨티나에서 조심해야 하는 여러 가지 이야기를 들었으니 주최자 독일인의 술 주정 정도는 이해하고도 남음이 있었다.

하나둘 자리를 뜨고 끝까지 남은 캐나다 커플과 별이 밝은 옥상에서 한참을 떠들었다. 술이 취해 영어가 좀 되는 날이었나. 북한 정치 얘기까지 했으니 그날 방언 터졌나 보다.

양주는 마실 때는 알코올램프에 알코올을 따라 마셔도 이것보단 맛있겠다 해도 다음 날 뒤끝이 없는데, 와인은 마실 때는 뭐 이런 맛난 술이 다 있담 해도 과실주인 까닭에 다음 날 두통이 사부작사부작 찾아오는 것은 막을 수가 없다.

그래서 와인 보데가 투어를 다음 날로 미루고 휴식을 취하기로 한다. 2층 로비 소파에 고양이처럼 웅크리고 앉아 〈CSI〉에 몰두하며 이런 생각을 했다.

'이래서 버릇이 무서운 거구나.'

자꾸 스페인어 자막을 읽으려고 애쓰는 나 자신을 발견한 것이다. 한국에서 어찌나 자막에 치중해서 미드를 보았던지 영어 대사를 들으려고 노력하는 대신 스페인어 자막을 읽으려 드는 내 모습이 안쓰럽다, 안쓰러워.

라 루랄,
어느 날엔 와인 보데가를 어슬렁거려볼 것!

세계적으로 와인이 유명한 곳을 꼽아본 다면 미국의 나파 밸리, 프랑스의 보르도 지역, 이탈리아의 토스카나 지방, 스페인의 안달루시아, 독일의 모젤, 칠레의 아콩카과 산기슭 등을 들 수 있겠다. 그리고 절대로 빼놓을 수 없는 또 하나의 와이너리! 아르헨티나의 멘도사!

칠레 와인이 안데스를 낀 천혜의 자연 조건에서 만들어졌다는 것은 아르헨티나 와인 또한 그렇다는 이야기나 다름이 없다. 안데스의 저편이 칠레라면 이편은 아르헨티나이니 말이다. 안데스의 무공해 천연수와 낮에는 따뜻하고 저녁에는 서늘한 날씨는 아콩카과뿐 아니라 멘도사에도 강림하였으니 남미 최대 와인 생산지인 이곳에서 와인 보데가를 방문해야 함은 두말하면 잔소리다.

와이너리 방문을 위해서는 일단 마이푸 Maipu 지역으로 이동을 해야 한다. 알렘 Alem 거리나 리오하 Rioja 거리에서 시내버스인 G10 중에 171~4번 마이푸행 버스를 타고 30여 분쯤 달려 루티니 Ruttini 스퀘어에서 내리면 자전거 렌탈숍이 늘어서 있다. 서너 군데 보데가를 간다면 자전거를 이용하는 것이 좋고, 근처 두 군데 정도만 들른다면 걸어서도 충분하다.

가장 먼저 찾아간 곳은 보데가 라 루랄Bodega la Rural.

너른 마당에 낡은 와인 통과 와인을 옮기는 데 사용했던 마차들
이 전시되어 있다. 자갈밭을 어슬렁거리며 기다리니 예쁜 가이드 언
니가 사람들을 불러 모은다. 보데가 뒤편의 포도밭을 휘 돌아보고
와인 박물관으로 향했다. 옛날에 와인 제조를 할 때 쓰였던 도구들
이 완벽하게 재현되어 있었고, 설명도 아주 상세하게 해주었다.

옛날에는 포도를 짤 수 있는 마땅한 기계가 없었기 때문에 돼지
나 소 등의 동물 가죽으로 만든 주머니에 넣고 사람이 직접 발로 밟
아 포도를 으깨 오크 통에 넣고 숙성시켜 판매를 했다는데, 지금은
대형화되고 기계화되어 분쇄기에서 으깨진 포도들이 어마어마하게
커다란 스테인리스 통에서 숙성 과정을 거친다.

별다른 설명이 없다면 우주과학연구소라고 해도 믿을 정도로 현
대화되어 있어 기대했던 것과 약간 다른 모습이긴 했다. 나는 옛것
이 불편하다고 생각하면서 남들은 옛날 것을 고수하길 바라는 이기
심일까. 알크마르의 치즈 시장에서 하얀색 유니폼을 입고 노랑, 빨
강, 파랑 밀짚모자를 쓴 치즈 운반사들이 썰매 모양의 지게에 치즈
를 실어 나르고, 추를 달아 치즈 무게를 재고, 네덜란드 전통 의상
을 입은 아로아가 거리를 활보하는 것이 얼마나 정성스러운 서비스
인지 새삼스러운 대목이다.

마지막 코스는 예전에 와인 저장고로 쓰였다는 카페에서의 시음
회 및 와인 판매. 집채만 한 와인 저장통과 오렌지 톤 조명이 여느
와인바 못지않아 비록 시음회에서 살짝 먹은 와인이지만 분위기만
으로도 취할 것 같다.

보데가에서 투어 후에 파는 와인을 마트에서 훨씬 싸게 살 수 있

다는 정보 아닌 정보 때문에 요즘엔 보데가에서만 파는 와인이 따로 나온다니 와이너리 투어 기념으로 한 병 사놓고 외로운 밤에 홀짝홀짝 한 잔씩 하는 것도 나쁘지 않으리라.

라 루랄을 나와 간단하게 햄버거로 점심을 먹고 멘도사로 돌아오는 길, 하늘이 정말 초초초 하늘색이다. 아르헨티나 국기를 보면 늘 왜 선명한 파란색 대신 하늘색을 썼을까 싶었는데, 아무래도 이 나라 하늘 색이 그러해서 그리한 모양이다. 하늘색 하늘과 햇솜 덩어리 같은 흰 구름, 그리고 그 하늘의 눈부신 태양. 아르헨티나 국기는 아르헨티나 하늘을 그대로 담고 있다.

올리브나무 위로 밑면 반듯한 몽실한 구름이 이 앞에서부터 저 끝까지 층층으로 떠 있는 모습 또한 그림이다. 땅덩이가 넓어서 그런지 하늘도 참 넓다.

루티니 스퀘어에서 왼쪽 길로 600m 이상 떨어진 곳으로 이정표가 잘
되어 있다. 투어는 월요일부터 토요일까지는 오전 9시부터 오후 5시까
지 점심시간 오후 1~2시을 제외하고 30분 간격으로 있고, 일요일과 공
휴일에는 10시, 11시, 12시, 오후 1시 네 번의 투어만 진행된다. 입장료
및 시음은 무료지만 팁은 받는다. 다른 보데가에는 없는 박물관이 같
이 있기 때문에 보다 체계적인 견학을 할 수 있다.

보데가 라 루랄

아르헨티나에서는 동전이 귀하다. 동전을 만드는 공전이 그 동전의 값어치보다 비싸서 동전을 많이 만들지 않기 때문이란다. 그래서 동전 바꾸는 일이 여간 어려운 일이 아니다.

우리나라처럼 그냥 바꿔주는 일은 절대 없으며 껌 한 통 사고 바꿔보려는 시도도 100% 실패. 물건 값을 치를 때 동전이 없다면 거스름돈을 못 받거나 그 물건을 아예 못 사는 일이 다반사.

은행에서 바꾸는 방법이 있지만 그것이 여의치 않을 때는? 울트라메니아의 동전 바꾸기 노하우! 남미는 화장실 대부분이 유료이며, 아르헨티나도 마찬가지인데 동전이 가장 많은 곳이 바로 유료 화장실이 아닐까 싶다. 누구나 동전을 내는 곳이고, 바구니 가득 동전이 있으니 은행보

아르헨티나에서 동전 바꾸기 팁

다 더 많이 바꿔준다는 사실! 아르헨티나에서 동전이 없다는 것은 자잘한 거스름돈은 포기해야 하는 것, 팁을 생각했던 것보다 많이 주어야 한다는 것과도 같은 말이다. 잊지 말자, 동전 사수!

산 카를로스 데 바릴로체,
남미의 스위스

        멘도사에서 바릴로체까지는 버스로 무려 18시간이 걸리는 길이다. 남미에서 육로 이동 20시간 정도는 이제 껌이다. 대부분 야간 이동을 하게 되면 새벽녘에 도착하는 수가 많은데 18시간쯤 걸리는 야간 이동은 한참을 자고 일어나도 이동 중이다.

  눈 덮인 설산과 구름을 그대로 머금은 호수가 시야에 들어오기 시작하니 바릴로체에 가까워지고 있는 중인가 보다. 예상 시간보다 2시간이나 늦어져 한낮에 도착했는데도 바람이 차고 날도 쌀쌀한 것이, 이곳이 파타고니아 지방이라는 사실이 살갗으로 전해진다. 바릴로체는 지금껏 거쳐온 모든 도시를 통틀어 가장 상쾌한 곳이다.

  가을은 내가 가장 사랑하는 계절인데 나의 스물아홉 살에는 가을이 없다고 투덜거리는 와중에 만난 바릴로체의 봄은 대한민국의 가을과 무척 닮아 있었다. 파랗고 높다란 하늘, 시원하게 불어오는 습하지 않은 바람, 피둥피둥 살이 찌고 있는 옆구리…… 이런 젠장, 등에도 살이 올랐어!

  흔히들 바릴로체를 남미의 스위스라고 한다. 산, 숲, 호수, 강으로

둘러싸여 있으며 유럽형 건물들이 고급스러운 자태를 뽐내며 센트로를 가득 채우고 있으니 인터라켄에 와 있는 느낌도 들고, 뾰족한 지붕을 가진 성당은 루체른의 반 호프 성당인가 싶기도 하며, 인도와 차도 구분이 모호한 길은 베른 한복판 같기도 하다.

청소년들이 스케이트보드를 타고 계단 모서리를 죽죽 그어대는 아르마스 광장을 지나쳐 호숫가로 내려갔다. 나후엘 후아피 호수는 흡사 바다. 이 도시 바릴로체에 이 호수가 있는 것이 아니라 이 호수 기슭에 이 도시가 있다는 말이 맞겠구나 싶게 규모가 컸고, 거센 바람에 이는 물결은 파도처럼 철썩철썩 자갈밭에 부딪쳐 하얀 거품을 일으키며 부서져 버렸다.

아가씨라면 또 요런 호숫가에서 치맛자락 사뿐히 날리며 호수 건너편을 지그시 바라보다 여학교 다니던 시절에 짝사랑한 흰 와이셔츠가 잘 어울렸던 교생 선생님 얼굴이라도 떠올랐다는 듯이 희미하게 웃어주어야 하는데 바람이 바람인지라 머리칼이 사방으로 휘날려 그저 광년이 같았다.

이 호수는 옛날부터 정체불명의 괴물이 사는 것으로 알려져 있다. 네스 호의 괴생물체 네시처럼 이 호수의 이름을 따서 나후엘리토라고 불리는 녀석이다. 여느 괴물들과 마찬가지로 보았다는 사람들의 이야기와 희미한 사진은 넘쳐나지만 물증이 없다는 특징이 있다. 여름날 잔잔한 호수에서 물보라를 일으키며 나타난다지만 어쩐지 이렇게 파도치는 날 슬쩍 고개를 내밀 것 같기도 해서 오들오들 떨며 일렁이는 수면을 뚫어져라 응시한다.

결국 나후엘리토는 발견하지 못했지만 이런 생각이 들었다. 우리 천지 괴물한테도 어서 번듯한 이름 하나 지어주어야겠구나.

다음 날은 바릴로체 근교로 나가보기로 했다. 지금은 없어진 아르헨티나의 1페소짜리 지폐 도안의 모델이었을 만큼 아름다운 곳이라니 기대가 크다.

바릴로체의 센트로에 있는 교외로 나가는 버스 터미널은 옛날 시골 버스 터미널과 닮았다. 기둥에 버스 번호와 행선지가 쓰인 철판이 줄줄이 붙어 있고, 사람들은 금 그어놓고 "넘어오면 다 내 거!" 한 것도 아닌데 각자의 목적지에 맞는 구역에 서 있다. 누군가는 담배를 태우고, 누군가는 책을 읽고, 누군가는 나를 흥미롭게 지켜본다.

 사람들은 묻지 않고 버스에 올랐지만 나는 언제나처럼 기사 아저씨한테 물었다.

 "랴오랴오 Llao Llao 가나요?"

 젊은 기사가 방싯 웃으며 "샤오샤오!" 한다. 랴오랴오가 아니라 샤오샤오였구나. 혀에 힘을 주어야 하는 랴오랴오보다 훨 쉬워진 발음이다.

 자리에 앉긴 했는데 이제는 어디서 내려야 할지가 걱정이다. 옆에 앉은 외국인에게 지도를 좀 볼 수 있겠냐고 물었더니 장황한 설명을 해준다. 샤오샤오까지 가지 않고 그 전에 내려서 자전거를 빌려 타고 주변을 보는 판타스틱한 투어가 있다며 꼬드긴다. 아니야, 나는 괜찮

아. 자전거 타고 데스로드 달려봤니? 안 달려봤으면 말을 하지 마.

샤오샤오는 종점이었다. 버스를 타고 오는 어느 순간부터 조각조각 보였던 호수가 한눈에 들어오고 안데스 어느 한 자락도 시원하게 하늘로 솟아 있어 내리자마자 감탄사 열두 발 연속발사, 와! 와! 와! 와!

특별한 정보를 갖고 온 것이 아니었기 때문에 길 잃은 아이처럼 무작정 직진 길을 따라 걷는다. 호젓하고 널찍한 길 양쪽으로 숲이 우거져 있고, 멀찍이 거리를 두고 '숲 속의 오두막' 21세기 버전으로 지어진 샬레들이 자리를 잡고 있다. 울타리로 둘러싸인 넓은 정원에 지붕이 뾰족한 집들, 그 안에서 정말 요리를 하는 여인이 있고, 창밖을 보며 와인 잔을 기울이는 부부가 있고, 스웨터를 걸치고 신문을 읽는 꽃중년이 있으니 이 나라가 망했다고는 해도 잘사는 사람들은 여전히 잘사는구나 싶다.

아래쪽에서 올려다봤을 때 산꼭대기에 있는 것이 미라도르^{전망}인가 싶었던 곳은 놀랍게도! 개인 저택의 테라스였다. 꼭대기에 대궐 같은 집을 지어놓고 호수와 면한 쪽으로 나무로 짠 개인 전망대를 만든 것이다. 그 위에서 사방을 둘러보니 이 넓은 호수와 저 높은 산을 앞마당으로 둔 사람들은 어떤 사람들일까 궁금해진다.

개인 테라스에서 샤오샤오를 굽어보았으니 캄파나리오 언덕 Cerro Campanario은 스킵하고 호수 주변 산책에 나섰다.

경치 좋은 호수 둘레를 따라 들어선 호화로운 별장들은 땅값도 톡톡히 치렀을 것임에 틀림이 없어 보인다. 높은 담과 빼곡한 나무담은 호수 귀퉁이도 보이지 않도록 세워놓은 것이고, 침을 질질 흘리며 거칠게 짖어대는 개는 누구도 기웃거리지 못하게 하는 중이리라. 결국 호숫가 산책은 실패하고 잘 꾸며놓은 남의 집 하나하나 지나치며 '시켜만 준다면 이런 곳 별장지기를 직업으로 갖는 것도 참 좋겠다' 하는 생각에서부터 어떤 집이 더 예쁜지 아무도 신경 쓰지 않을 혼자만의 순위를 매겨보다가 교회당 언덕에 올랐다.

그런데 이곳은 다름 아닌 샤오샤오 호텔 뷰포인트! 샤오샤오 호텔은 깎아지른 안데스 절벽을 배경으로 크리스탈 호수를 품고 스스로 그림이 되신 유서 깊은 바릴로체 지역 최고급 호텔이다. 교회당에서부터 샤오샤오 호텔에 이르기까지 울타리 아래 꽃이 피어 있는 길을 따라 천천히 걷는다.

호텔이 있는 언덕 꼭대기에 다다르니 오히려 호수 가까이를 산책했을 때 전혀 보이지 않았던 호수 이편이 한눈에 보인다. 집집마다

호수에 개인 선착장까지 갖춘 모습에서 부자 냄새가 난다. 호화로운 요트와 "흰 천과 바람만 있으면 어디든지 갈 수 있어"라고 말하는 지후 선배를 포토샵으로 슬며시 갖다 붙여도 전혀 어색함이 없는 풍경이다.

샤오샤오 호텔을 기점으로 돌아 나오는 버스를 타려고 기다리는 그 길에서 비를 만났다. 비를 피하던 나무 아래에까지 빗물이 투둑투둑 떨어져 내가 서 있는 자리 발자국만 남기고 땅이 다 검어질 즈음에야 버스가 도착했다.

자전거를 타고 샤오샤오를 돌아보는 판타스틱한 투어를 했던 사람들에게 비옷이 있었길 바라며 샤오샤오, 나중에 다시 올 땐 내가 호텔에서 머물러줄 테야! 진짜야!

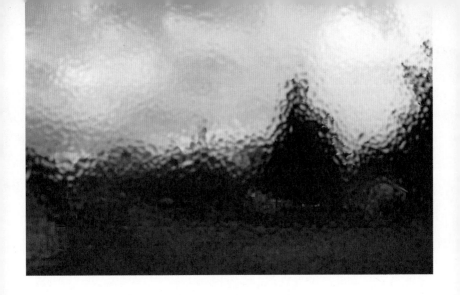

바람의 땅으로 가는 길에서 만난
비비비비비비비비비비.

칼라파테,
바람의 땅으로 가는 멀고도 험한 길

바릴로체에 있는 내내 저녁 어스름엔 비가 왔지만 날이 밝으면 말끔했는데 어젯밤 그 비는 그치지 않은 모양이다. 짐을 가지고 움직여야 하는 날에 비가 온다는 것은 여간 귀찮은 일이 아니다.

바릴로체에서 칼라파테로 가는 직행버스는 일주일에 일요일 하루한 대가 운행된다는데 오늘은 일요일이 아니니 버스를 여러 번 갈아타고 가기로 한다. 이곳에서 15시간이 걸리는 코모도로리바다비아까지 버스로 이동을 한 다음에 2시간 텀을 두고 또 12시간 정도가 걸리는 리오 가예고스까지 이동이다. 리오 가예고스로 가는 길엔 하늘에 구멍이 난 듯 비를 퍼부어댔다. 비포장 흙길을 달리는 버스에 비가 무섭게 들이치니 이 빗속에서 운전하는 것이 괜찮은지 걱정이 될 정도였다.

버스 밖 유리창엔 바람에 날린 비가 우윳빛 흙물이 되어 가로줄을 긋고 버스 안 유리창엔 서리가 물이 되어 세로줄을 그리고 있었다. 성기게 짜인 격자 천의 씨실과 날실이 된 것 같은 물줄기를 사다리 타기 하듯 눈으로 좇다가 문득 가족사진을 꺼내어 보았다. 대학

시절 유럽 여행을 떠날 때 한 달 반이나 집 떠나는 딸내미 때문에 아빠는 가족사진을 찍자고 했었다. 가족들이랑 떨어져 있는데 가족 사진 한 장이 없다고. 사진이 너무 늦게 나와서 그때는 들고 가지 못 했던 가족사진을 한참이나, 한참이나 들여다보았다. 스물세 살의 나 는 참 풋풋했구나!

구름은 걷혔지만 낮아진 하늘은 여전한 남쪽 땅. 리오 가예고스 에 도착해 버스에서 내리면 바로 칼라파테로 가는 버스로 갈아탈 수 있다. 헉헉, 앞으로 5시간이다. 내가 달린 것도 아닌데 몸은 이미 너무 고되다.

꼬박 36시간을 길에서 지내고 있는 나도 대단하고, 이 길을 나보다 먼저 달려냈을 수많은 여행자도 대단하고, 이렇게 한참을 막히는 길 한 번 없이 죽죽 달렸는데도 달려갈 길이 더 있는 이 나라도 대단하다.

완전히 깜깜해진 새벽 1시 반, 호~ 하고 불면 입김이 나는 땅, 파타고니아 관광의 전초기지 칼라파테에 드디어 도착했다.

남미의 어느 길이 평탄할까 싶지만 특히 이 길은 몸적으로 너무나 험난한 길이었다. 아무리 내가 장정 같긴 하지만 서울−부산 아홉 번 왔다 갔다 하는 이런 대장정이 또 있을까 싶어 도착하고 나니 다리에 힘이 풀린다.

호스텔 호객꾼들이 여행자들을 속속 낚아채 가지만 나에게는 "꼬레안? 닛뽄?" 하고 묻는다.

"꼬레안" 하자, "후지?" 하고는 익살스럽게 웃어준다.

그들에겐 이미 꼬레안이나 닛뽄 배낭족은 후지 여관으로 가는 여행자들이라는 인식이 있는 모양이다. 후지 여관은 한국인 아주머니와 일본인 아저씨 부부가 칼라파테에서 운영하는 게스트하우스다. 일본식 조심스러움과 한국식 왁자함이 어색하게 뒤섞여 있는 4차원 세계 같은 곳.

성향은 약간 다르지만 두 나라 여행자들에겐 이 여관방이 칼라파테의 아지트 같은 곳이다.

페리토 모레노,
세상에서 가장 큰 사파이어

이틀 가까이를 한데서 고생한 나에게
하루 휴식을 주고 다음 날 아침 일찍 페리토 모레노 빙하로 향했다.
겨울옷이 없는 내게 후지 여관 아주머니는 누군가 놓고 갔다는 두
툼한 점퍼를 빌려주셨다.

고도가 높은 곳과 마찬가지로 땅끝의 기후 변화도 갑작스러웠다.
칼라파테에서 버스를 탈 때는 분명히 쨍하게 맑은 영락없는 가을빛
이던 하늘이 얼마나 달렸다고 비를 뿌린다.

버스에서 내려 유람선으로 갈아타고 물 위에 떠다니는 빙하 조각
을 피해 거대한 빙산으로 다가갈수록 '이게 정말 영화 세트장이 아
니란 말이지!' 하며 눈을 의심한다. 한눈에 다 들어오지도 않는 거대
한 규모와 단순히 물이 얼었다고 생각했을 때 상상도 할 수 없는 눈
부신 푸른빛.

스페인 원정대가 처음 아르헨티나에 왔을 때 큰 강을 따라 내륙으
로 들어가면 은이 많은 산지가 있다고 믿어 그 강의 이름을 '라 플라
타 La Plata, 은의 강'라고 지었다는데, 아마도 그들이 파타고니아 지방
에 먼저 발을 들여 이 장면을 보았다면 이 나라는 은 대신 사파이어

가 많은 나라라고 믿었을 것이다.

 터키에서 신은 참으로 장난꾸러기가 아닌가 했었다. 뭘 이렇게 오밀조밀 특이하고 재미있는 것들을 만들어놓았을까 싶은 자연의 모습은 마치 상상력 풍부한 천재 조각가의 작품 같았기 때문이다. 그런데 남미에서 느끼는 신은 참으로 통이 크다는 생각을 한다. 어쩜 이렇게 사이즈가 그란데이실까. 이 커다랗고 신비한 기운이 뻗치는 빙하 앞에서 나라는 인간은 일순간에 하찮고도 미천해져 버린다. 사지는 거추장스럽고 그렇지 않아도 존재감 없는 이목구비는 없느니만 못한 느낌이다.

 유람선은 듣던 대로 손 뻗으면 저 빙하가 닿을 만큼 빙하에 가까이 다가가 주었고, 배 이쪽저쪽 발 디딜 틈 없이 들어찬 사람들 모두 아쉽지 않도록 빙하 주위를 몇 바퀴 돌아주는 센스도 잊지 않았으니 싸지 않은 뱃삯이 전혀 아깝지 않다.

 1시간 정도 유람을 하고 다시 버스에 올라 전망대로 이동한다. 전망대에서는 보다 가깝고 다양한 각도에서 페리토 모레노 빙하를 살펴볼 수 있다.

사람이 살면서 눈으로 보고 있으면서도 믿기 어려운 장면을 몇 번이나 볼까? 전망대 꼭대기에서 내려다보는 저 드넓은 빙하는 내 눈앞에 있지만 진심으로 거짓말 같은 장면이었다.

　운 좋으면 볼 수 있다는, 빙하가 떨어져 내리는 장면은 볼 수 없었지만 끊임없이 대포 소리가 나는 것이 아마도 빙하 내부에서는 우리는 보지 못하는 역사가 지금도 이루어지고 있는 모양이다.

　빙하는 계속해서 떨어져 나가고, 계속해서 자라고, 계속해서 이동하는 중이며 지구온난화의 걱정이 심각한 가운데에서도 이 페리토 모레노의 빙하는 해마다 팽창하고 있다니 대붕락을 기대해볼 만도 한데 아무 날에나 일어나지 않는 일이라는 것이 아쉬울 따름이다.

　비가 꽤 많이 오는 와중이었지만 나무로 짜인 길을 두루 걸으며 빙하의 이곳저곳을 살펴보았다. 추웠지만 머리가 깡~해지는 것이, 아마존이 지구의 뜨거운 열정이라면 이 빙하는 마치 지구의 차가운 이성쯤 되는 것 같았기 때문에 어쩐지 보고 있는 것만으로도 쿨해지는 듯한 기분이 들었다.

나는 사람은 누구나 엑스맨이라고 생각한다. 평범해 보이지만 백이면 백 사람 모두에게 자신만의 강점이 있다고 믿는데, 나는 바로 바로 사람 얼굴과 이름, 전화번호, 그리고 그들의 자질구레한 신상 명세를 잘 외우는 엑스맨이다.

나무 계단을 오르다 마주 오는 사람이 있어 얼른 피하며 잠깐 본 지금 이 사람! 클라우드 할아버지? 그 사람의 뒤통수에 대고 "클라우드!"라고 외쳐보고 싶었지만 어물쩍거리는 사이에 이미 저만치 멀어졌다.

카미노 데 산티아고, 벨로라도의 알베르게에서 우리는 같은 테이블에 앉아 저녁을 함께 먹었었다. 프랑스인이고, 스페인어 교사 생활을 하다 퇴직을 하고 여행을 다닌다고 했었다. 덕분에 스페인어 몇 마디를 배웠고, 냅킨에 프랑스에서 꼭 가봐야 하는 곳이라고 마르세유를 적어주어 나는 실제로 마르세유에 갔었다.

부인은 손녀를 돌보느라 카미노는 같이하지 못했지만 겨울엔 함께 아르헨티나 여행을 떠날 거라는 그의 말에 "우리는 어쩌면 아르헨티나에서 만날 수도 있겠어요!"라며 아직 일어나지도 않은 일에 호들갑을 떨었었다. 클라우드 할아버지 역시 물론 그럴 수 있겠다고 맞장구를 쳤지만 나도, 그도 우리가 정말 아르헨티나에서 만날 거라고는 생각하지 않았을 것이다.

그가 그인지 확인하지 못한 채로 전망대 앞 카페에 들어가 몸을 녹였다. 점심시간이 훌쩍 지났기 때문에 샌드위치로 허기를 채우고 있는데 클라우드 할아버지로 추정되는 그 사람도 카페로 들어오고 있었다.

지금이 아니면 내가 정말 엑스맨이라는 사실을 증명할 수 없을까 봐…… 아니 그가 클라우드인지 아닌지를 확인할 길이 없을까 봐 그의 팔을 덥석 잡았다. 마치 "도를 아십니까?" 하고 물어볼 듯한 포스로 말이다. 짧게 "클라우드?" 라고 하자, 어머나, 그러면 그렇지! 클라우드 할아버지가 맞다.

"이름은 기억나지 않지만 너는 한 국인이야, 맞지?"

"예쓰! 예쓰!"

아주 강한 긍정으로 반가움을 표시한다. 그는 정말 그의 아내와 아르헨티나를 여행 중이었다. 불어로 그의 아내에게 무어라 내 소개를 하자, 그의 아내가 깜짝 놀라며 프랑스식 인사를 한다. 익숙하지 않아 같은 여자인데도 촌스럽게 부끄러워했달까.

그때 내가 준 한복을 입은 인형이 달린 휴대폰 줄은 손녀에게 있다는 얘기도 전해 듣고, 반년 만에 사진도 한 장 다시 찍고, 잠시 얘기도 나눴다. 오래 살진 않았지만 살다 보니 이런 일도 다 있다.

"그럼 우리 꼭 그때 거기서 만나자" 했으면 절대로 만나지 못했을 것이다. 그냥 그렇게 흘리듯이 한 말이 이렇게 맞아떨어지니 별일인 것이 아닐까?

같은 길을 같은 방향으로 매일같이 걸으면서도 어제 만난 사람을 오늘 또 만나면 그렇게 반가운데 전혀 다른 길에서 반년 만에 만난 순례자라니.

그때부터는 춥지 않았다. 이 차가운 땅이 마치 나한테만 선물을 해준 것 같은 따뜻한 우연은 내 앞에 난로가 뽕 하고 나타난 것만큼이나 훈훈한 일이었기 때문에.

칼라파테,
파타고니아의 중심에서 마음껏 일요일

칼라파테에서 아르헨티노 호수 Lago Argentino를 끼고 15번 국도를 따라 끝까지 달려간다. 호수 뒤편으로 이어지는 산세는 발가벗고 누워 있는 여자이기도 했다가, 끝이 뾰족한 베트남 모자 농을 쓴 소녀이기도 했다가 발랑 뒤집어진 안젤리나 졸리의 입술 같기도 했다.

후지 여관 사람들과 함께 주인아주머니의 추천에 따라 로카 호수 Lago Roca에 가는 중이다. 관광객들에게 잘 알려진 곳은 아니지만 현지인들이 자주 나들이 가는 곳으로 호수 주변 산책도 할 수 있고, 간단하게 트레킹도 할 수 있고, 경치도 아주 좋은 곳이라고 하니 안 가볼 수가 없다.

날이 따뜻해지면 이름 모를 들꽃이 풀밭 가득이라는데 아직 쌀쌀한 날씨가 야속하긴 하지만 풀 냄새라도 맡는다고 킁킁거리며 호수 근처의 험하지 않은 산자락을 오르기 시작했다. 지름길인 줄 알고 덤빈 길이 가시덤불이라 곤혹을 치르고, 한숨 돌리고 나서야 뒤를 돌아보니 '이런 모습일 줄은 몰랐지!' 하는 듯한 장관이 펼쳐져 있다.

자꾸만 뒤돌아보고 싶은 길.
할 수만 있다면
뒷걸음질 치고 싶은 길.

하늘, 허리까지 눈을 뒤집어쓴 산, 겹겹으로 쌓여 있는 듯한 호수. 마치 누군가가 내가 뒤돌아보기만을 기다렸다가 고개를 돌리자마자 짠 하고 펼쳐놓은 멋들어진 콜라주 한 폭처럼. 혹은 수천 년 전부터 이 장면을 나에게 보여주기 위해 솟아난 산과 흘러든 물처럼 거기 있었다.

자꾸만 뒤돌아보고 싶어지는 길, 할 수만 있다면 뒷걸음질을 치고 싶다.

바람이 잔잔한 날은 호수에 산이 들어앉는다는데 오늘은 바람 덕분에 하늘을 머금어 호수는 하늘과 꼭 같은 색이었다.

바위에 걸터앉아 킬메스 한 캔을 툭 따서 마시니, 캬~ 술맛 좋다!

올라갈 때 등 뒤의 풍경이 그리 아름다웠으니 내려가는 길 눈앞에 펼쳐진 풍경 또한 그러하다. 가시덤불을 피해 팔짝팔짝 뛰어 내려가는 길, 오를 땐 없었던 양 떼가 갑자기 나타나 가까이 가보는데 양들이 낯선 사람 주의보라도 내려진 듯 걸음을 재촉한다. 축지법을 쓰는지 산길을 오르고 내리며 빠르게 도망가는 녀석들을 기어코 쫓아가는 나의 모습이 영락없는 초짜 양치기였는지 일행의 웃음소리가 멀리에서도 들린다.

골짜기에 쌓였던 눈 녹은 것이 틀림없는 물로 손도 씻고, 발도 씻고, 목도 축인다. 캬~ 물맛도 좋다.

2시간 정도의 짧은 트레킹을 마치고 낚시를 하러 니메즈 호수로 향한다. 사실 오늘 나선 이유는 낚시 때문이었다. 남미 어느 곳에서나 가장 쉽게 접할 수 있는 생선이 트루차. 바로 송어인데 이곳 칼라파테는 마침 송어 낚시로 유명한 곳이라니 낚시를 해보기로 했다. 낚시를 하는 누구나처럼 월척을 꿈꾸며.

이곳에서는 호수가 사람들이 던진 떡밥으로 오염되는 것을 막기 위해 루어낚시를 한다. 루어란 일종의 가짜 미끼로, 물고기가 루어를 살아 있는 먹이로 생각하도록 하는 것이 이 낚시법의 관건. 낚싯대를 휘둘러 멀리 던진 다음 루어가 팔랑팔랑 살아 있는 것처럼 보이도록 재빨리 릴을 감아 루어를 거두어들여야 하기 때문에 잠시도 쉴 틈이 없다. 루어가 돌바닥이나 물속 수초, 나무 등걸에 걸리지 않도록 주의하면서 끊임없이 던지고, 회수하고, 던지고, 회수하고.

태어나서 처음 해보는 정식 낚시. 어떻게 하는 것인지를 후지 여관 아주머니께 배우고 나서 연습도 좀 하고, 실전에 들어간다. 오늘 아주 송어로 배를 채워보자! 하는 마음으로 루어를 있는 힘껏 멀리 던졌다. 그리고 루어를 던지자마자 낚았다! 낚은 것이 송어가 아닌 볼리비아산 장갑이라는 것이 문제라면 문제.

장갑 낀 손으로 바늘을 잡고 던졌으니 장갑이 걸린 것은 어찌 보면 너무나 당연한 일이 아니었나 싶다. 나의 이 바보 같은 행위로 루어에서 장갑을 빼주려던 여러 사람이 피를 봐야 했다.

축구 경기에서 슈팅한 골이 골대를 맞히면 그 팀은 진다는 징크스처럼 낚시 가서 맨 처음 낚은 것이 쓰잘데기없는 것이면 그날 낚시는 빈손이라는 징크스라도 있는 것일까. 어떤 날엔 열 마리도 넘게 잡힌다는데 니메즈 호수의 송어들이 꽁꽁 숨어 코빼기도 보이지 않는다.

자리도 옮겨보고, 루어를 가까이도 던져보고 멀리도 던져보고, 모두가 열심히 낚싯줄을 던져보았지만 초반에 후지 여관 주인아주머니가 잡은 한 마리에서 스코어는 전혀 늘지 않았다. 나도 한 마리쯤 꼭 잡아보고 싶어서 던지고 감아 오고를 이천다섯 번쯤 반복하다가 끝내 포기한다.

낚시를 마치고 돌아오니 여관에 일본인인 듯한 새 손님들이 와 있는데 차림이 영 알쏭달쏭하다. 남자가 마르긴 했지만 저렇게까지 딱 맞는 숏팬츠에 배꼽이 보일 것같이 작은 티셔츠를 입어야 하나 싶은 차림이다. 게다가 날씨도 추운데 말이다. 외모는 너무나 남성적인데 옷은 여성용 같기도 하고. 일본 사람들은 워낙 개성이 강하다고들 하지만.

당신 차림이 영 수상하군요! 하는 듯한 눈빛은 분명히 실례이기 때문에 의식적으로 눈길을 피하는데 들려오는 구수한 부산 사투리.

"야, 내가 다른 건 몰라도 쌀은 좋은 거 사라 했제!"

오잉? 한국 사람? 게다가 부산 싸나이!?!? 아니, 부산 싸나이가 어쩌다가 저런 독특한 취향을 갖게 되었을까.

그날 저녁은 후지 여관 아주머니께서 준비해주셨다. 오늘 잡은 한 마리는 회가 되었고, 아주머니가 그간 잡아서 냉동시켜놓았던 녀석들은 초밥이 되었고, 뼈는 얼큰한 매운탕이 되어주었다.

아주머니 정이 많아서인지 양도 참 많다. 한 접시는 접시째로 거실에서 여행 계획을 짜던 일본인 손님들에게 주고, 이 방 저 방에서 각자 할 일을 하던 한국인들은 아예 모두 식탁 앞으로 불러 모았다.

회를 권하고, 매운탕 그릇이 이리저리 전해지다 술잔이 돌기 시작하니 노래가 빠질 수 있나. 도라에몽을 닮은 후지 여관 아저씨가 기타를 들고 나오셔서 김수희의 〈멍에〉와 최진희의 〈사랑의 미로〉를 멋지게 불러주신다. 한국, 일본 트로트를 가리지 않는 기타 반주 덕분에 노랫가락도 끊이지 않았고 내친김에 한국 아주머니와 일본 청년이 트위스트까지 추어 보이니 그제야 각기 다른 공기층을 형성하고 있던 한일 여행객들이 하나가 된다.

왁자함이 끝나지 않을 것 같더니 도라에몽 아저씨의 텔미 춤을 끝으로 테이블엔 맥주잔 대신 찻잔이 놓였고, 각자의 여행 얘기에 조금 전까지와는 다른 도란도란한 밤이 시작되었다.

가장 사람들의 이목을 끈 이야기는 단연 여성용 숏팬츠를 입은 부산 싸나이의 이야기였다. 여자친구와 여행 중인데 바릴로체에서 칼라파테로 내려오는 버스에서 짐칸에 넣어두었던 가방을 통째로 잃어버렸단다. 입고 있던 옷 말고는 전부 다 잃어버렸기 때문에 할 수 없이 여자친구의 옷을 입고 있다는 그 남자의 설명에 안타까움을 금치 못했지만 웃긴 것도 사실이었다. 콧구멍을 벌렁거리며 간신히 웃음을 참고 있는데 "팬티는 입고 있는 거 하나라서 샤워하고 갈아입지도 않았어" 하는 말에 빵 터졌다.

웃기면 그냥 웃어도 된다는 허락하에 그들의 여행 이야기를 듣는데 시간 가는 줄 몰랐다. 둘이 직장도 그만두고 전세금 빼서 1년 계획하고 세계여행에 나섰는데 두 달쯤 여행하니까 너무 힘들고 한국이 그리워서 한국으로 돌아가기로 결정을 했단다. 그런데 이미 주변 사람들에게 1년 동안 떠난다고 얘기하고 나왔는데 두 달 만에 들어가면 사람들 보기 민망할 것 같아서 한국에 들어가서도 가족 및 지인들에게는 연락도 못 했다고. 한 달 동안 한국 여행을 하면서 한국 음식도 실컷 먹고 향수도 달래고 체력도 다지고 다시 나와 6개월째 여행을 계속하고 있단다.

"그 와중에도 쌀 좋은 거 안 샀다고 여자친구 구박하신 거예요?" 하자, 다 잃어버렸는데 밥이라도 잘 먹어야 하지 않겠느냐는 말에 또 한 번 웃는다.

입담 좋은 부산 싸나이 덕분에 칼라파테에서의 마지막 밤이 하염없이 길어진다.

칠레

CHILE

토레스 델 파이네는 작정한 것 같다. 이 밀리까지 온 사람들 한순간도 실망시키지 않겠다고. 그러나 또 쉽게 보여주지는 않

을 거라고. 금방 손에 잡힐 듯이 드러날 것만 같았던 그레이 빙하는 역시 지금까지와 다를 바가 없는 길을 걸어야만 나타나

줄 모양이었다. 돌길, 물길, 진흙 길은 예사고, 돌아갈 때 끝없는 오르막을 약속하는 끝없는 내리막길은 이탈리아노 산장

가는 길의 부활이었으며, 절벽에 매달리는 일은 미라도르 전용 코스였으니 말이다.

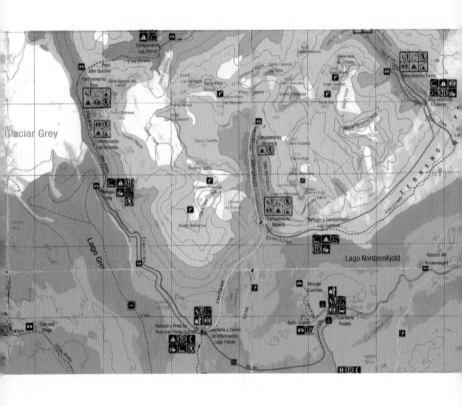

토레스 델 파이네,

트레킹 준비하기

칼라파테는 여기저기 개발이 이루어지고 있는 중이다. 버스가 달리는 곳곳이 공사 중이고, 중장비를 실은 차들이 먼지 폭풍을 일으키며 내달린다. 나중에 이곳에 다시 오면 지금보다 훨씬 세련되고 고급스러운 도시가 되어 있을 것이다.

도시를 벗어나 푸에르토 나탈레스로 향하는 길, 공사 현장도 드문드문해지더니 급기야 끝도 보이지 않는 초원이 나타난다. 길이라고 해봐야 다른 차들이 달렸던 흔적뿐이라는 것을 아는지 얌전히 풀을 뜯어 먹던 양들도 버스가 가까워지면 토끼처럼 깡충깡충 뛰어 도망가고, 어디 있었는지도 몰랐던 난두 녀석들도 뒤뚱거리며 길에서 멀어지기에 바쁘다.

버스가 처음 멈춰 선 곳은 아르헨티나와 칠레의 국경이다. 다시 칠레로 가야 한다는 사실에 마음이 무겁다. 친했던 친구도 오랜만에 만나면 어색하고, 발에 잘 길들인 신발도 다음 해 제철에 다시 신으면 뒤꿈치가 서걱거리는데 워낙 손발 안 맞는 나라라 걱정이 앞서는 것이다. 그리고 무엇보다 내가 이곳에 가는 것이 과연 옳은 것인지 도무지 확신이 서지 않았다.

사람들이 푸에르토 나탈레스에 가는 이유는 한 가지다. 그것은 바로 토레스 델 파이네 트레킹 준비.

토레스 델 파이네란 '파이네의 탑'이라는 뜻으로 안데스 산맥 끝자락에 위치한 파이네 산군을 지칭한다. 페루의 마추픽추와 더불어 남미 대륙에서 가장 인기 있는 트레킹 코스가 만들어져 있는 곳이다.

일찌감치 칠레의 국립공원으로 지정되었고, 1978년에는 유네스코도 인정한 생태 보고 구역인 데다 여러 매체에서 죽기 전에 꼭 가봐야 할 곳이라고 떠들어대는 곳이니 가보는 것이 마땅하지만 확신이 서지 않았던 이유는 트레킹 내내 필요한 짐은 본인이 책임져야 한다는 것 때문이었다.

2000m 이상의 고봉이 즐비한 토레스 델 파이네의 2500m 주봉을 보는 하루 코스와, 프란세스 빙하까지 둘러보며 산군을 W 모양으로 도는 3박 4일 코스, 산군을 크게 원 모양으로 도는 열흘 이상의 코스가 있다.

이 국립공원에 들어가는 입장료만 1만 5천 페소 한화 약 3만 5천 원인 데 봉우리 하나 보고 오는 건 아니 될 말씀. 열흘짜리는 1만 5천 페소 아니라 15만 페소라도 못할 짓이고, 적어도 W 코스는 해야겠는데 3박 4일을 자고, 먹고, 입을 것들을 다 싸 들고 다닐 생각을 하니 눈앞이 아찔한 거다.

갈까 말까 고민고민하고 있는데 후지 여관 주인아주머니가 그런 말씀을 해주셨다.

"젊은 사람이 뭐가 무서워서 못 할 거라는 생각부터 해요? 누구나 다 할 수 있어요. 괜찮아요."

저…… 정말 괜찮을까요? 저 사실 그다지 젊지도 않지만, 추운 것도 무섭고, 무거운 것도 무섭고, 산에서 자는 것도 무섭고, 오르막도 무서워욧!

머릿속이 복잡한 가운데 역시나 까다롭고 지루한 칠레 입국 심사와 짐 검사 덕분에 5시간 걸린다던 길은 8시간으로 늘어져 오후 3시가 넘어서야 푸에르토 나탈레스에 도착했다.

하기로 마음을 먹었으면 지체 없이 움직여야 한다. 재빠르게 숙소를 정하고, 장비를 빌리고, 식량 준비를 해야 한다.

이제 막 성수기가 시작되어 입장료도 거의 두 배로 올랐고, 중간중간 잠을 자야 하는 캠프 사이트의 이용료도 올랐단다. 국경인 데다 세계적으로 손꼽히는 관광지이니 물가가 비싼 것은 당연한데 성수기까지 겹쳤으니 모든 것이 생각했던 것보다 1.5배는 비싸진 것 같다.

숙소에서 추천을 해준 가장 싼 렌탈 업체는 가장 싸지도 않을뿐더러 가장 더러운 장비를 빌려주는 곳 같아서 패스, 몇 군데 발품을 팔고 상당히 훌륭한 업체를 알아내어 장비와 국립공원 입구까지 가는 버스 티켓을 몽땅 구했다.

자, 이제 굶지 않기 위한 세심한 3박 4일용 장보기. 그 어느 때보다 욕심을 버리고, 최대한 가벼우면서 열량 높은 것들로 구입하는 것이 중요하다.

빵, 치즈, 햄, 라면…… 무겁겠지만 한국인은 밥심이니까 쌀도 필요하고……. 이상하다. 분명히 욕심을 버린 식단이었는데 어째서 빵을 스무 개나 산 거지?

토레스 델 파이네 첫째 날,
지금 만나러 갑니다, 토레스 삼봉 씨

내가 맨 처음 집을 나섰을 때, 아무것도
모르고 이것저것 다 필요할 것 같아서 배낭에 다 때려넣었을 때 말
이다. 배낭을 지고 딱! 일어났는데 내 배낭 안에 사람이 하나 들어
앉아 내가 못 일어나게 잡아끄는 줄 알았다.

그 무거운 배낭을 지고 프랑스의 생장 피드포르에서 피레네 산
맥을 걸어서 넘어 스페인의 론세스바예스에 도착했을 때, 나는 여
행 하루 만에 욕심쟁이의 최후가 어떠한지 톡톡히 깨달았었다. 여
행 갈 땐 눈썹도 내려놓고 가라는 말이, 여행자에게는 바람도 짐이
라는 말이 괜히 생긴 것이 아니다. 더군다나 3박 4일 동안 짐을 지고
산을 오르락내리락해야 하는데 짐 다이어트는 필수!

이래놓고 빵 스무 개가 들어 있는 앙증맞은(?) 보따리는 가방에
대롱대롱 매달았……. 빠른 시간 안에 먹어 없애면 되지 않겠냐는
나의 생각에 동의한다면, 당신도 욕심쟁이! 우후훗~

푸에르토 나탈레스에서 토레스 델 파이네 국립공원까지는 버스
로 2시간 정도가 걸린다. 국립공원 입구에서부터 걸어서 갈 수도 있
고, 오른쪽에서 왼쪽으로 도는 W 코스의 첫 번째 캠핑 사이트인 호

스테리아 라스 토레스 Hosteria Las Torres 까지 미니버스를 타고 갈 수도 있다. 물론 이 미니버스도 공짜는 아니다. 가야 할 길이 머니 에라, 버스 타자. 어차피 여행이 길에 돈 뿌리는 것 아니겠는가.

오늘의 목표는 칠레노 캠프 Campamento Chileno 에 짐을 풀고 토레스 델 파이네 미라도르에 올라갔다가 다시 캠핑장으로 돌아오는 8시간 정도 예상되는 길이다.

길이 평온하군. 이런 식이면 짐이 무거워도 해볼 만하겠어!라는 생각을 한 지 30분 만에 나는 패닉 상태가 되었다. 여행 한 달 반 만에 바르셀로나에서 장만한 바퀴 튼튼한 캐리어 덕분에 배낭은 10kg 을 넘는 법이 없었는데, 아무리 짐을 줄이고 줄여도 얼어 죽지 않고 굶어 죽지 않을 최소한의 짐은 재어보지는 않았지만 그보다 훨씬 무거웠던 모양이다. 그리고 어깨를 짓누르는 배낭의 무게도 무게였지만 끊임없이 나를 괴롭히는 생각, 잘할 수 있을까. 심리적인 압박감 때문이었는지 갑자기 눈앞이 깜깜해졌다.

깜깜한 기분이 아니라 정말로 현기증이 나면서 아무것도 보이지 않고, 헛구역질까지 나서 그대로 주저앉았다. 숨을 가쁘게 몰아쉬면서 땅바닥에 앉아 나는 왜 아직 너무 힘들지도 않은데 너무 힘들 것이라는 불안에 휩싸여 내 발목을 내가 잡고 있는가에 대해 생각을 해본다. 나라는 인간은 하고 싶은 것을 못 해도 병이 나지만, 하기 싫은 것을 해도 병이 나는 성질머리 나쁜 인간의 전형이었다. 이 경우는 하기 싫었다기보다는 나는 할 수 없을 것이라는 생각이 나를 지배하고 있었던 모양이다.

마음을 가다듬는 시간이 길어졌다.

남들보다 천천히 걷는다고 문제 될 것 없어. 캠핑장에 조금 늦게 도착하면 어때. 무거우면 다 버리고 물어주면 되지. 괜찮아, 괜찮아.

사람 마음이 참 우스우면서도 대단하다. 내가 할 수 있을까 꼬리에 꼬리를 물던 의문 대신 '할 수 있어. 아니지, 못 하면 어때? 그때 돌아가도 늦지 않아'라고 생각하니 그때부터는 길도 보이고, 주변에 산도 보이고, 반갑게 인사하는 사람들도 보인다. 발걸음마저 가벼워졌다면 거짓말이지만 마음만은 분명히 가벼워졌다.

마음을 다잡으며 산길을 오르고 나면 깎아지른 계곡에 들어선다.

사람 하나 지나갈 법한 좁은 길 위의 개미 같은 저것이 사람이구나. 그러니까 저 길이 내가 가야 할 길이구나.

발걸음도 가벼워질 틈을 주지 않는다.

좁은 길에 작은 돌멩이들이 많아서 한 발자국만 헛디뎌도 그대로 미끄러져 떨어지겠구나 싶지만 다행히 바람이 벽 쪽으로 불어주니 죽음 모면. 열심히 걸으니 그 길 끝에 드디어 칠레노 산장이 나타나 주었다.

야외 테이블을 차지하고 앉아 빵 보따리를 풀어 샌드위치 하나를 만들어 먹고 난생처음 텐트를 쳤다. 빌릴 때 텐트 한 번도 안 쳐봤다고 하니 렌탈 업체 아저씨가 다 풀어서 시뮬레이션까지 보여준 덕분에 처음 지은 집치고는 아주 훌륭했다.

흐뭇하게 바라보고 있는데 옆에 텐트를 친 외국인 아저씨, 내 텐트에 무슨 용건이 있는 모양이다.

"텐트 처음 쳐봤니?"

"네."

"처음치곤 뭐, 괜찮아. 그런데……"로 시작된 그의 퍼포먼스. 땅바닥의 낙엽을 주워 바람에 날리는 걸 보여주며 말하길 내 텐트가 바람길을 가로막고 있단다. 텐트의 좁은 부분이 바람이 부는 방향과 같아야 바람을 덜 맞는다는데……. 다시 칠 순 없어요. 긁적긁적.

산장에 배낭을 맡기고 빈 몸으로 토레스 델 파이네로 향한다. 지도는 따로 없지만 나무에 표시된 주황색 페인트를 따라가면 되는 모양이다. 내가 또 요런 거 따라가는 데 일가견이 있지! 보물찾기 하듯이 주황색 페인트가 묻은 나무를 눈으로 짚으며 시원하게 굽이치는 계곡을 따라 물소리를 음악 삼아 험하지 않은 산길을 오르길 1시간.

토레스 캠프 Campamento Torres 에 도착했다. 이 사이트는 이용료가 없어서인지 이곳까지도 짐을 지고 오는 사람들이 꽤 많았다. 외쿡인들은 정말 힘이 장사야!

산장 입구 갈림길에서 바위에 걸터앉아 잠시 쉬었다. 이미 토레스 델 파이네를 보고 내려오는 사람들에게 얼마나 걸리느냐고 물어보니, 30분? 그런데 어딜 기어 올라가는 듯한 포즈를 취하며 아주 힘든 코스라고 말해준다. 그래도 맨몸으로들 왔다 갔다 하는 길인데 설마 절벽은 아니겠지.

절벽은 아니었다. 절벽 못지않은 거대한 돌산이었을 뿐이다. 큰 바위는 기어오르고, 작은 바위는 뛰어넘고, 눈비가 섞여서 바람에 날리니 미끄러지지 않도록 조심하면서 돌에 칠해진 페인트와 쇠파이프에 묶인 주황색 비닐 이정표를 놓치지 않기 위해 두리번거리는 것도 잊지 않는다. 극기 훈련을 할 생각은 아니었는데 본의 아니게 극기 훈련을 하고 있다. 그렇게 이 너덜너덜한 돌산을 꼬박 30분을 오르면, 만날 수 있다. 토레스 남봉 Sur , 중앙봉 Central , 북봉 Norte 일명 토레스 삼봉 씨.

꼭대기에 세워진 길이 끝났다는 뜻의 'Fin Del Sendero' 팻말을 보고 피식 웃었다. 지금까지 올라온 길도 길 아니었거든!

더 가고 싶어도 갈 수 없다. 삼봉 씨와 나 사이엔 "거기까지야"라고 말하고 있는 것 같은 짙은 에메랄드 빛 호수가 거센 바람에도 얼어버린 듯이 잔잔하고, 불쑥 솟은 세 개의 봉우리는 하늘마저 뚫은 것은 아닌가 싶게 구름에 갇힌 채로 눈 폭포를 쏟아내고 있었다.

크고 웅장한 대자연 앞에서 입을 헤벌리고 서 있다 보면 당당한 척해도 나는 사소해질 뿐이니 그저 감탄하고, 경외하고, 환호해준 다음엔 별스럽지 않은 생각을 하며 일상으로 돌아오면 된다.

너무너무 추웠지만 힘들게 올라왔으니 한참을 쪼그리고 앉아 있는다.

올라오는 길이 그리 험했으니 내려가는 길은 그야말로 곡예가 따로 없다. 무릎 연골이 닳아지는 소리가 들리는 듯하지만 날이 어두워지기 전에 씻고, 밥 먹고, 쉬기도 해야 하니 지체할 수가 없다.

손이 끊어질 것처럼 차가운 눈 녹은 물을 받아 밥을 지어 먹고, 설거지를 하러 가다가 미처 보지 못한 나뭇가지에 이마를 발렸다. 길이 약간 내리막이었던 탓에 후다닥 뛰어 내려가다가 나뭇가지에 이마를 정통으로 부딪혀 손가락 두 개만 한 스크래치가 생겨버린 것이다. 이것도 필요 없어, 저것도 필요 없어 하며 다 두고 온 짐 중엔 비상약 상자도 있었다. 유난히 반짝거리는 나의 이마를 보며 아빠는 늘 이마가 반짝이면 잘산다고 했었는데 이렇게 큰 부상을 그대로 방치하려니 어쩐지 나중에 잘살지 못할 것만 같은 불안이 엄습해온다. 연고 하나 정도는 넣어 왔어도 됐잖아!

내 머리를 쥐어박는 수밖에. 아, 다친 데 또 때리는 건 동서고금을 막론하고 반칙이다.

길이 아닌 것 같아도, 표지가 안 나와도,
늪지가 계속되어도……
노르덴스크횔드 호수가 왼쪽에 있다면
That's right!

토레스 델 파이네 둘째 날,

산중에 들이닥친 깊은 바다

　　　　　　　　어제 힘들었는데도 버릇처럼 눈을 뜬 시간은 6시 반이다. 여행을 다니면서 새롭게 발견한 내 모습 중 하나다. 회사 다닐 땐 아침에 일어나는 것이 그렇게 힘들 수가 없었는데, 여행 중엔 도저히 늦잠을 잘 수 없는 인간인 것처럼 벌떡벌떡 잘도 일어난다. 짐을 줄이기 위해 굳이 아침부터 쌀밥을 지어 먹고 텐트 정리까지 다 마쳤는데도 사람들은 자는 모양이다.

　전날 걸었던 낭떠러지 길을 다시 빠져나가야 하는데, 어제 바람이 벽 쪽으로 불었다면? 그렇다. 오늘 바람은 낭떠러지 쪽으로 불어 휘청거리는 발걸음은 불안하기 짝이 없다. 출발할 때만도 멀쩡했던 하늘에서 갑자기 비가 오다가 금세 눈으로 바뀌니 코믹 영화의 한 장면처럼 먹구름이 내 머리 위에만 있는 것은 아닌지 의심스럽다.

　30여 분 만에 그 길을 빠져나오면 작은 팻말 하나를 만날 수 있는데 이 팻말은 내 생각에 W 코스에서 가장 중요한 팻말이 아닐까 싶다. 이 팻말을 놓치고 지도만 따라가다 보면 처음 시작했던 호스테리아 라스 토레스까지 내려가게 된다. 둘째 날 지나쳐야 할 쿠에르노스 캠프 Campamento Cuernos 로 가는 방향을 알리는 팻말 앞에서 호스테리아 라스 토레스의 뒤태를 잠시 감상했다. 저기까지 다시 내려가지 않아도 된다는 사실에 감사감사 또 감사하며 이 굉장한 사실을 나 혼자만 아는 것처럼 우쭐하기도 했다.

하지만 길이 만만치가 않다. 발이 땅속으로 푹푹 빠지는 늪지가 꽤 오래 계속되는 것도 모자라 사람이 다니는 길이면 사람 다닌 흔적이 있어야 하는데 나무며 풀이 심하게 우거져 있어서 길이 맞는지조차 의심스럽다. 급기야 이 길은 정말 나 혼자만 아는 것이 아닐까 우쭐함 대신 두려움이 엄습한다. 게다가 꽤 깊어 보이는 돌 계곡까지 나타나니 과연 그 계곡을 건너가야 하는 것이 맞는지, 마지막 팻말을 보았던 곳으로 돌아가야 하는지 고민이 깊어진다.

그 자리에 박힌 것처럼 멀뚱히 서 있는데 맞은편에서 부스럭부스럭 소리가 나더니 우거진 수풀 사이에서 빨간 등산복을 입은 사람 둘이 튀어나온다. 사람이 그렇게 반가울 수가 있을까 싶게 반색하며 어디서 오는 길이냐고 물으니 쿠에르노스 산장에서 오는 길이란다.

이 길이 맞구나. 내가 틀리지 않았어! 하고 있는데 뒤에 줄줄이 사탕처럼 칠레노 산장에서 같이 머물렀던 사람들이 나타나 나를 앞질러 갔다. 길에 대한 고민도 없어 보인다. 좀 일찍 나타나든가! 아니면 아예 앞서 가고 있든가!

오른쪽에서 왼쪽으로 도는 W 코스에서 가장 중요한 포인트. 길이 아닌 것 같아도, 표지가 안 나와도, 늪지가 계속되어도…… 노르덴스크홀드 호수 Lago Nordenskjold 를 왼쪽에 두고 있다면 의심하지 말고 쭉쭉쭉 쭉쭉쭉 걸어가면 된다. 오른쪽으로는 토레스 델 파이네의 뾰족뾰족한 산세들을 다 가려버린 높은 언덕, 왼쪽으로는 이름도 어려운 노르덴스크홀드 호수. 하루 만에 완전히 다른 곳에 와 있는 것 같은 이 평화로운 풍경은 토레스 델 파이네의 수많은 장관 중 하

진흙도 길.

물길도 길.

나일 뿐이다.

그래도 변하지 않은 것이 있다면 바로 파타고니아의 바람. 옥빛 호수를 곁에 두고 걷는 길, 아름다운 풍경이야 말해 무엇하겠느냐마는 잔잔한 호수도 파도치는 바다로 만드는 파타고니아의 거센 바람은 발걸음을 자꾸만 멈추게 한다.

볼은 땡땡 얼었는데 등에는 땀 나고, 휴지 한 칸이 아까운 마당에 콧물은 또 왜 그렇게 추접스럽게 흐르는지, 어제 나뭇가지에 긁힌 이마도 쿡쿡 쑤시고⋯⋯.

계곡물이 콸콸 쏟아지는 곳에서 목을 축이는데 칼라파테 페리토 모레노 빙하에서 만났던 한국인 여행자를 다시 만났다. W 코스를 왼쪽에서 오른쪽으로 돌고 있는 이 어린 남학생의 말에 따르면 쿠에르노스까지는 좀 힘들어도 거기서부터 이탈리아노 캠프 Campamento Italiano 까지 가는 길은 아주 쉽단다.

그 말에 힘을 얻어 쿠에르노스 산장까지 힘차게 걷는다.

젊고 잘생긴 쿠에르노스 캠프의 산장지기가 마침 난로에 불을 넣고 있다. 얼어버린 몸도 녹이고, 점심도 챙겨 먹으며 한참을 쉬었다. 그곳에서 첫날 나의 텐트 방향을 지적했던 외국인을 다시 만났다. 프랑스인 제레미 아저씨, 디스크 전문 의사인데 동양 문화에 대해 관심도 많고, 얼마 전까지 싱가포르에서 일했다니 괜히 반갑기도 하다.

쉴 만큼 쉬었고, 이제부터 길도 쉽다니 심기일전하고 출발!했는데, 어? 이상하다? 화살표가 가라는 대로 갔는데 돌아온 곳은 다시 쿠에르노스 산장. 산장을 한 바퀴 삥 돌아 산장의 입구에 다시 서 있는 내 모습에 헛웃음이 나온다. 내가 정말 좀 모자란 아이가 아닌가 싶은 순간이다. 그래도 괜찮다, 이제 길이 쉽다니까.

과연 길은 험하지도 않았고 심지어 은근한 내리막. 룰루랄라~ 팻말에 이탈리아노 캠프까지 1시간 50분이라고 쓰여 있으니 그것보다는 덜 걸리겠지 하며 걷다 보니 어느새 곁에 두고 멀리서만 보았던 노르덴스크홀드 호수가 눈앞에 있다.

호수까지 내려온 것이다. 가려주는 것이 없으니 바람의 기세는 더욱 등등해져 물결은 철썩철썩 파도를 만들어내 이곳이 호숫가인지, 모래 대신 돌멩이가 가득했던 산토리니의 카마리 해변인지 헷갈릴 정도.

해변, 아니 호숫가를 지나쳐 수풀 속으로 다시 들어가야 한다. 그리고 이때부터 한 발자국을 걸을 때마다 머릿속엔 떠나지 않는 의문이 퐁퐁 샘솟았다.

내리막길로 왔는데…… 혹시 오르막길이 나타나는 것은 아닐까? 아니야, 아니야! 그 어린 학생이 왜 뻥을 쳤겠어. 오르막을 쉽다고 하진 않잖아.

쉽기는 개뿔. 거짓말 안 하고 그 호수에서부터는 토 나올 때까지 오르막이다. 짐도 짐이고, 몸뚱이도 짐이다.

한 걸음 한 걸음 내딛을 때마다 이 오르막을 오르다 죽은 사람이 분명히 있을 것만 같았고, 아직까지 없었다면 내가 곧 죽지 않을까 싶었다. 숲이라 바람도 잦아들었는데 여전히 콧물도 멈추질 않아 계속 훌쩍거리다 보니 머리도 어질어질하고, 길이 쉽다고 했던 젊은이의 목소리도 귓전에서 떠나질 않는다.

똑같은 길이라도 '오늘 갈 길이 험난하겠구나!'라는 생각으로 가는 길과 '오늘 갈 길은 아주 쉬운 길이래!' 하고 가는 길은 전혀 다른 길이다. 그 젊은이가 내게 이 길이 아주 쉽다는 얘길 해주지 않았다면 나는 이렇게 힘들지 않았을 수도 있다는 생각에 배신감마저 들었다. 이 녀석, 복수할 테다!

"20대 후반의 동양 여성, 과다 출콧물로 여기 잠들다"라는 소박한 묘비가 곧 이곳에 세워지겠구나, 하는 생각이 들 때쯤에야 평지다. 등 뒤로는 이미 호수가 멀어졌고, 만년설이 쌓인 흑백 대비가 확연한 설산이 다시 나타났다.

이탈리아노 산장까지 딱 2시간이 걸렸다. 아무것도 없는 맨땅에 'C. Italiano'라고 적힌 팻말이 하나 있을 뿐인 무료 캠핑 사이트. 화장실 두 개와, 지붕 아래 벽이 세 개밖에 없는 시멘트 건물 하나만이 단출하게 서 있다. 그래도 힘든 길 끝에 나타나 준 것만으로도

반갑다.

적당한 자리에 얼른 텐트를 쳤다. 계속 텐트를 쳤던 자리인지 텐트 치기 아주 안성맞춤으로 자리가 잘 다듬어져 있었다. 마침 도착한 제레미 아저씨에게 자랑스럽게 "오늘 내 텐트 어때요?" 하니, 아주 잘 쳤단다. 엄마, 나 합격 먹었어!

대견한 마음으로 저녁을 지어 먹으려는데 물을 어디서 구해야 하는지 몰라 물통과 냄비를 들고 두리번거리니 옆 텐트 사람이 물 받으러 갈 거냐고 묻는다. 끄덕끄덕. 따라오란다. 수도꼭지까지 가는 길이 험하다고 생각하며 따라간 곳은 계곡.

"여기?" 하고 물으니 싱글벙글 웃으며 빙하 녹은 물이라고 좋아한다. 대자연이 만든 수도꼭지, 콸콸콸 잘도 쏟아진다.

빙하 녹은 물로 지은 밥과 빙하 녹은 물로 끓인 국물 맛이 어찌나 훌륭한지 오늘 하루 피로가 싹 가시는 것만 같다. 피로야, 가라! 어깨에 올라앉은 곰을 패대기친다.

산중의 밤은 정말 순식간에 찾아온다. 노을도 없고, 어스름한 저녁도 없다. 그냥 갑자기 칠흑같이 어두워질 뿐이다. 더군다나 캠핑하는 사람들밖에 없는 곳이다 보니 저마다의 랜턴 불빛 말고는 사방에 어둠만이 자리를 잡았다. 딱히 할 일도 없는 데다 무거운 랜턴 대신 쥐방울만 한 손전등 하나가 전부였기에 일찍 잠자리에 들기로 했다.

날은 어제보다 더 추워져 내복에 두꺼운 점퍼까지 껴입은 채로 침낭 속에 들어갔는데도 춥다. 땅바닥에서 자면 입 돌아간다는 말이 그냥 있는 우스갯소리는 아닌 거다. 게다가 바람 소리도 너무나 위협적이다. 나뭇잎이 무성한 키가 큰 나무들 사이에 덩그마니 자리잡은 나의 텐트를 잡아먹을 듯한 바람의 효과음이 마치 짐승 소리 같아서 너무너무 무서웠다. 웅웅거리는 바람 소리에 텐트가 이리저리 흔들리는 데다 후득후득 떨어지는 빗방울까지.

예전에 다이빙할 때, 너무 깊은 바닷속에 내가 있다는 사실만으로도 무서워서 숨을 놓쳐 꼴깍꼴깍 숨넘어갈 뻔한 적이 한두 번이 아니었다. 그 산속, 텐트 밖 바람 소리가 무서워 침낭 속에 꽁꽁 들어가 설핏 잠든 중에 내가 바닷속에 있는 줄 알고 숨을 놓쳐버렸다. 침낭 속에서 허우적거리다 깨어나 숨을 몰아쉬며 내가 있는 곳이 어딘지 파악하는 데 한참이나 걸렸다.

시계를 보니 새벽 3시가 조금 넘은 시각. 코스 내내 짐을 지고 이동했으니 힘들긴 힘들었나 보다.

휴, 자다가 렉 걸렸어. 심해저가 아니라 어찌나 다행인지.

토레스 델 파이네 셋째 날,
U 자형 계곡에 내가 서 있다

오늘은 이탈리아노 사이트에 짐을 두고 프란세스 빙하를 보고 다시 이곳으로 돌아와서 다음 캠핑장으로 이동하는 코스이기 때문에 아침부터 부산하게 텐트를 걷지 않아도 된다. 아침만 지어 먹고 브리타니코 캠프 Campamento Britanico 방향으로 향했다.

그런데 가는 길이 참 가관이다. 지금까지 험난했던 길은 이 길에 비하면 아무것도 아니다.

미끄러운 바윗길이 경사까지 심하고, 발 헛디뎌 떨어지면 찾을 수도 없을 것 같은 깊은 계곡, 얼음장같이 차가운 물이 폭포처럼 쏟아져 내리는 물길까지.

일반 여행자가 특별한 훈련 없이 올 수 있는 트레킹 코스가 맞는지 의심스러운 몇 개의 난코스를 초인적인 힘으로 통과하고 나니 드디어 프란세스 빙하가 보이기 시작한다. 빙하가 정면으로, 그리고 아주 가깝게 보여서 놀라움은 어느새 아찔함이 된다. 끝이 울퉁불퉁한 칼로 눈 케이크를 잘라놓은 것 같은 빙하가 눈앞에 있고, 등 뒤로는 파란 하늘과 구름이 옥빛 호수와 어우러져 있으니 또 한 번 자연의 신비로움에 감탄을 한다.

2시간여 만에 도착한 브리타니코 사이트는 이탈리아노 사이트보다 훨씬 심했다. 화장실마저 없었고, 캠핑장이라는 팻말이 없었다면 그냥 지나는 길과 전혀 다를 바가 없을 정도였다. 누군가 머물렀던 흔적조차 없다. 짐을 지고 이 길을 오는 것은 거의 불가능해 보이기도 했으니 이해가 된다.

이 길부터는 바람과의 싸움이다. 나뭇잎도 나뭇가지도 없는 꼬챙이 같은 나무가 빽빽하게 솟은 돌밭을 바람과 맞서 가다 보니 주변이 괴기스럽기까지 하다. 온통 회색 돌에 나무마저 어쩐 일인지 회색. 그리고 나타난 민둥 언덕. 이건 정말 말이 안 된다. 산길을 올라 고개를 쭉 내밀고 평지에 발을 내딛자마자 '바람에 휩쓸린다'라고밖에는 표현할 방도가 없는 위력적인 바람이 분다. 저 멀리 나무들은 심하게 바람 방향으로 쏠려 자라고 있었고, 땅에 납작 붙어 자라는 키 작은 나무와 이끼의 방향 또한 다르지 않았다.

사람도 걸어서는 못 가고 앉은 채로 기듯이 나아가야 하니 직접 경험해보지 않고는 거짓말이라고 해도 할 말이 없다.

산만 한 멧돼지가 사방에서 달려들어 나한테 쿵 하고 부딪치는 듯한 야수 같은 바람에 맞서 그곳을 빠져나와 또 한 번 돌산을 오르고 나면, 그러면 나타나 준다.

친절하게 누군가 돌에 페인트로 'MIRADOR'라고 써놓았는데, 살면서 이렇게 허접한 전망대 표시는 처음 보지만 이렇게 끝내주는 장관 또한 처음 본다.

이곳에 이렇게 엉성한 전망대 표시가 되어 있는 이유는, 굳이 이곳이 전망대라고 알려주지 않아도 이곳에 서면 전망대일 수밖에 없기 때문이리라.

　깎아지른 절벽과 솟구친 파이네의 봉우리들, 프란세스 빙하의 와이드한 풍경이 파노라마로 펼쳐져 있다. 기가 찬다는 말은 이럴 때 쓰라고 있는 말이 분명하고, 천혜의 비경이라는 단어는 바로 이곳에만 써야 한다.

　정확하게 U 자형 계곡에 내가 서 있다. 빙하가 지나간 길, 물처럼 방향을 쉽게 바꿀 수 없는 빙하가 천천히 지나가면서 침식시킨 땅.

　스위스에서 쉴트 호른에 올라갔다가 내려오는 길, 김멜발트에서 케이블카를 타고 슈터헬베르그로 내려올 때 만나는 풍경이 바로

빙하가 지나간 길,
물처럼 방향을 쉽게 바꿀 수 없는 빙하가
천천히 지나가면서 침식시킨 땅.

U 자형 계곡을 하늘에서 내려다보는 모습이다. 춥고 지대가 높아도 푸른 잔디가 무성한 마을이기 때문에 빙하와 단박에 연결시키기 어려웠었는데 이곳은 생긴 그대로가 자연 교과서이며, 감동스러운 사진 한 장이고, 힘들었던 길에 대한 충분하고도 넘치는 보상이다.

프란세스 빙하로 갈 때는 앞에서 불어오던 바람이 이탈리아노 사이트로 되돌아오는 길에는 등 뒤에서 불어주니 뛰기 싫어도 뛰게 된다. 바람이 '이 정도면 됐잖아? 그만 돌아가!' 하는 것처럼 밀어대는 바람(?)에 올라갈 땐 1시간 반 걸린 길이 내려올 땐 1시간도 안 걸렸다.

텐트에서 잠시 쉬고, 짐 정리를 하고는 또 길을 나선다. 다리를 건너는 것이 다음 사이트로 이동하기 위한 첫걸음이다. 두 사람 이상은 함께 건너지 말라고 쓰여 있는 흔들흔들 스릴 만점 다리를 건너고부터는 하늘에는 평화, 땅에는 축복이다. 뭐, 날씨도 좋고 길도 좋았다는 말씀.

저 멀리 사막에 모래바람이 불듯 호수 표면을 따라 물보라가 이는 장면은 언제 봐도 눈을 떼기 어렵다. 회오리바람이라도 부는지 물보라가 하늘로 솟을 때는 마치 물속에서 오로라가 튀어나온 것이 아닌가 싶을 정도다.

걸을 때마다 빛깔을 바꾸는 호수를 지나 산길을 다 걸어내고 나니 넓은 평지에 자리 잡은 파이네 그란데 캠프 Campamento Paine Grande 가 보인다. 이곳은 다른 산장들과 달리 캠핑 사이트를 이용하는 사람들을 위한 취사장도 아주 훌륭했고, 따로 마련되어 있는 샤워실과 화장실 역시 아주 잘 갖추어져 있었다. 바람에 흔들리는 텐트 안에서 가스통 붙잡고 밥 지어 먹지 않아도 된다! 훌륭해, 훌륭해!

나무로 만들어진 여러 갈래의 길을 두고 곳곳에 텐트를 칠 수 있는 터가 잘 갖추어져 있어 야외 테이블이 마련되어 있는 곳에 자리를 잡고 텐트를 쳐놓았는데 바람이 어찌나 심하게 부는지 텐트가 거의 180도로 눕는 지경이다.

비까지 오고 있으니 더더욱 걱정이 되는 참인데, 그때 마침 비를 흠뻑 맞고 들어온 제레미가 비가 많이 오니까 텐트 안에 비가 새지 않는지 확인을 해보는 것이 좋겠다고 얘기해준다. 자기 텐트는 낡아서 이미 물바다라고.

텐트에 다녀왔는데 멀쩡하다. 역시 새 텐트라서 멀쩡하다고 말해주는데 제레미가 또 깔깔거리며 웃는다.

"그게 네 텐트였니?"

뭐가 또 잘못되었나? 바람이 이렇게 많이 불면 산 쪽에 붙여서 텐트를 쳐야 바람의 영향을 덜 받는단다. 내 텐트는 실제로 바람에 뽑혀 나가기 일보 직전으로 바람의 영향을 받고 있었으니 멋쩍게 웃고 만다.

비는 그칠 줄을 몰랐고, 급기야 안개가 산 하나를 잡아먹어 버렸다. 바람 역시 잦아들 생각이 없는 모양이다.

우비를 텐트 바닥에 깔긴 했지만 습습한 한기가 올라와 잠에서 문득문득 깼고, 그때마다 얼굴 바로 앞까지 누운 텐트를 손으로 밀어내며 이렇게 텐트가 비에 떠내려가는 것은 아닐까, 바람에 도로시처럼 텐트 타고 날아가는 것은 아닐까 걱정이 많은 밤을 보냈다.

라마의 몸, 낙타의 얼굴,
  가장 우아한 초식동물 구아나코,
  너, 사진발 좀 받는구나.

토레스 델 파이네 넷째 날,

나를 넘어 한 뼘쯤 더 자라고 싶다면

잠을 설치긴 했지만 텐트에서 자는 마지막 밤이었으니 마음만은 개운했다. 텐트 밖으로 나와 허리를 이리저리 돌리는데 트레킹했던 날 중에 날씨가 최고로 좋다. 어제 안개에 잡아먹혔던 산도 다시 나타났고, 하늘도 새파란 것이 마음에 쏙 든다.

마지막 남은 빵과 치즈로 만든 샌드위치와 물병을 넣은 괴나리봇짐 하나만 달랑달랑 들고 그레이 빙하를 보러 나선 길. 그레이 빙하행 팻말을 보니 '자, 이제 마지막이다' 벌써 스스로가 대견하다.

쥐가 먹이를 찾아 들락거리는 길을 산책하듯이 걷다가 꽤 높은 오르막 하나를 오르니 새파란 호수가 나타난다. 어쩜 이렇게 새파랄까 싶은 호수를 지나고 나면 이름이 Grey일 수밖에 없는 회색 호수가 펼쳐진다.

호수 색이 맑으면 호수는 하늘을 담는데, 호수 색이 짙으니 구름의 그림자가 드리웠다. 진한 머드 같은 호수 위에 그레이 빙하에서 떨어져 나온 유빙이 둥둥~ 구름이 둥실~ 무지개가 동동~

토레스 델 파이네는 작정한 것 같다. 이 멀리까지 온 사람들 한순간도 실망시키지 않겠다고. 그러나 또 쉽게 보여주지는 않을 거라고.

　금방 손에 잡힐 듯이 드러날 것만 같았던 그레이 빙하는 역시 지금까지와 다를 바가 없는 길을 걸어야만 나타나 줄 모양이었다. 돌길, 물길, 진흙 길은 예사였고, 돌아갈 때 끝없는 오르막을 약속하는 끝없는 내리막길은 이탈리아노 산장 가는 길의 부활이었으며, 절벽에 매달리는 일은 미라도르 전용 코스였으니 말이다.

　힘든 길을 다 걸어내고 나면 쓰디쓴 한약을 먹고 난 후에 박하사탕 한 알이 주어지는 것처럼 상쾌한 대자연이 기다린다. 그래서 힘들다고 욕도 못 하고, 포기도 못 한다.

　오늘도 마찬가지다. 페리토 모레노 빙하와 비슷한 형태로 산을 끼고 호수를 앞세운 그레이 빙하 앞에서 나는 또 한없이 작아지고, 황송해진다. 눈구름 가득한 빙하 저편엔 무엇이 있을까.

　눈을 감고 바람 소리를 듣고 있자니 움파룸파족의 노랫소리가 들리는 것 같다. 에스키모 옷을 입은 움파룸파족이 눈 만드는 기계 수백 대를 돌리며 노래를 부르고 춤을 추는 모습을 상상해본다. 아마 그들이 부르는 노래는 지구온난화로 곧 사라져버릴지도 모를 빙하에 대한 안타까움과 이런 대자연 참사를 부른 인간의 욕심과 만용을 꾸짖는 내용을 담고 있겠지.

내셔널 지오그래픽 채널이나 디스커버리에서나 볼 법한 장면들을 나에게 이렇게 끊임없이 허락하시는 자, 도대체 누구란 말인가.

바로 전망대 아래 호숫가까지 떠내려온 유빙들을 보니 빙하 타고 한강까지 납시었던 둘리가 생각나 피식 웃음이 나온다.

이제 정말 이 트레킹에서 해야 할 일은 다 한 것 같다. 너무나 어려울 줄 알았던 숙제를 무사히 마친 기분이 들어 이제야 발걸음이 가볍다.

정신없이 올 때는 보지 못했던 민들레 꽃길도 눈에 들어오고, 지천으로 핀 노오란 칼라파테 꽃 향기도 맡아진다. 가을이면 블루베리 같은 열매가 열리는데 이 열매를 먹으면 칼라파테로 다시 돌아온다는 전설이 있다니 가을날에 온다면 잊지 말고 따 먹어볼 일이다.

날이 좀 더 따뜻해지면 형형색색 야생화가 지천이겠지? 더욱 푸르러질 것이고, 더욱 아름다워질 길을 따라 파이네 그란데 산장으로 돌아오는 길, 구아나코 한 마리를 만났다. 라마의 몸에 낙타의 얼굴을 가진 이 녀석은 폴짝폴짝 뛰어다니다가도 카메라 한 번 봐

주고, 풀 뜯어 먹다가도 또 한 번 봐주고 하는 것이, 아무래도 안에 사람이 있는 것 같아! 너 이리 와 봐! 엉덩이를 씰룩거리며 도망가 버린다.

이제 카타마란을 타고 페오에 호수 Lago Pehoe 를 건너는 일만 남았다. 3박 4일 동안 눈은 호강했지만 나머지 육체는 이게 웬 팔자에 없는 고생인가 했겠지. 너무나 힘들다는 이야기에 지레 겁먹어 해보지도 않고 포기했다면 나는 나를 오랫동안 괴롭혔을 것이다.

시간이 넉넉하고, 마음이 먹어지고, 체력이 받쳐주는 사람에게만 허락되는 이 트레킹은 나에게는 여러 측면에서 의미가 있었다. 뭘 하고 나서 이렇게 스스로가 대견했던 때가 언제였나 싶고, 너무나 힘든 여정이었기에 또 한 번 나를 뛰어넘은 기분마저 들었다.

며칠 사이에 나는 조금 더 자랐을 것이다.

이곳을 떠날 시간이다. 페오에 호수 위를 거침없이 달리는 카타마란 안에서야 3박 4일 동안 같은 날 같은 방향으로 같은 목적지를 향해 걸었던 일행 아닌 일행을 모두 만났다.

항상 먼저 반갑게 인사해주고 "이따 봐", "힘 내!", "멀지 않았어" 등등의 이야기를 해주는 그들에게 어김없이 "부엔 카미노 Buen Camino, 좋은 여행 되길 "라고 말해주었었는데, 짧은 시간이었지만 정들

었나 보다. 이런 게 바로 전우애인가? 으하하하하~

　카타마란에서 내려 버스로 갈아타고 푸에르토 나탈레스로 돌아
오니 시간은 이미 밤 10시가 다 되었다. 겨우 사흘을 땅바닥에서 잤
을 뿐인데 침대가 이렇게 고마울 수가 없다.

　마구간이라도 짚단이 푹신했다면 달게 잤을 것이다. 나를 뛰어넘
은 줄 알았더니…… 기분 탓이었나 보다. 역시 편한 게 최고!

아르헨티나 가는 길은 진짜 어렵다니까!

토레스 델 파이네 트레킹을 앞두고는 그 준비에만 동분서주하느라 우수아이아로 떠나는 일정을 제대로 챙기지 못했다. 덕분에 또, 칠레에서 나가는 길이 막혔다. 목요일인데 우수아이아로 가는 버스 티켓이 이번 주 것은 이미 동이 났단다.

칼라파테로 돌아갈 것인지, 예정에 없던 푼타아레나스로 내려갈 것인지, 우수아이아를 포기할 것인지의 기로에 섰다.

그래도 여기까지 왔는데 우수아이아를 포기할 수는 없어, 푼타아레나스로 가서 우수아이아로 가는 방법을 모색해보기로 하고 우수아이아 표를 구하러 갔었던 버스 파체코 Bus Pacheco 에 다시 들렀다. 푼타아레나스 티켓을 달라고 하니, 창구 직원이 "너 우수아이아 간다고 했었지?" 묻는다. 그렇다고 하니 잠깐만 기다려보란다. 몇 군데 전화를 해보더니 "내일 갈래?" 한다. 생각할 것도 없이 콜이지! 그리하여 알아본 티켓 중에 가장 비싼 티켓 획득.

그리고 숙소로 돌아오자마자 우수아이아에서 부에노스아이레스로 가는 란 Lan 항공 티켓도 카드로 결제해버렸다. 잊지 말자, 티켓 사수! 애인한테는 있을 때 잘해야 하고, 표는 있을 때 구해야 한다.

비가 꽤 많이 오는 아침, 예정 시간보다 조금 늦어진 버스는 이상하게 반도 안 찼다. 내가 그렇게 어렵게 구한 티켓인데, 이게 무슨 일이지?

앞에 앉은 청년에게 이 버스 우수아이아 가는 버스 맞느냐고 물어보니 푼타아레나스행 버스란다. 진짜? 운전기사에게 이 버스 우수아이아 가는 버스 맞느냐고 다시 묻는다.

"푼타아레나스 가는데, 너 우수아이아 가니?" 되레 묻는다. 끄덕끄덕. "알았어, 앉아 있어."

걱정스러운 마음도 잠시, 언제나처럼 잠이 들었는데 버스 기사가 우수아이아 가는 사람들은 어서 내리란다. 잠이 덜 깬 채로 나 놓고 갈까 봐 허겁지겁 내리니 맞은편 고속도로에 버스가 한 대 서 있고, 그쪽 버스 운전기사가 얼른 오라고 손짓을 한다.

캐리어를 덜커덩거리며 고속도로를 무단횡단하여 깨알같이 꽉 찬 버스에 올라탔다. 고래잡이로 팔려 가는 건 아닌지 확인도 안 하고 덥석 올라타 놓고 기사에게 이거 어디 가는 버스냐고 묻는다. 푼타아레나스에서 출발해 리오 그란데로 가는 버스란다.

남들도 우수아이아 갈 때 이렇게 푼타아레나스행 버스를 타고 가다가 푼타아레나스에서 리오 그란데로 나가는 버스를 길에서 도킹하듯이 옮겨 타고 가는 것일까? 어쨌든 우수아이아로 간다니 어찌 가는지는 이미 상관할 바가 아니다.

허겁지겁 올라타 자리를 찾다 보니 거의 끝자리까지 가야 했다. 뜨개질을 하던 할머니가 환하게 웃으며 자리를 치워주신다.

칠레나 파비올라 할머니는 뜨개질을 하고 계시다가도 심심찮게 계속 말도 시켜주시고, 추위에 튼 손등에 바르라고 샤워 코롱도 건네시고, 앞사람이 의자를 너무 뒤로 젖히면 앞으로 당기라고 참견도

해주시고, 버스에서 나오는 간식도 차장이 어련히 알아서 줄 텐데 내 거 먼저 챙겨주신다.

라 세레나의 민박집에서 떠나던 날, 민박집 주인이 내 방에서 나온 쓰레기를 나 몰래 내 짐 속에 처박아놓았던 것을 버스 터미널에서야 발견했었다. 그 일을 시작으로 이래저래 칠레 사람들에게 상처 많이 받았었는데 파비올라 할머니 덕분에 나쁜 기억은 다 잊어주기로 했다.

갑자기 수첩을 꺼내시더니 주소를 적어주시며 푼타아레나스에 오면 놀러 오라고 초대도 해주신다. 저는 이미 우수아이아로 가는 길인걸요. 별일 아닌 것에 상처받고, 또 작은 친절에 치유되는 사람들이 바로 여행자다.

11시 반쯤 버스는 바다 앞에 멈추었다. 배를 타고 마젤란 해협을 건너야 한다. 가이드북에는 마젤란 해협을 건너는 배가 비성수기에 90분마다 있고, 성수기엔 더 자주 있다고 되어 있는데 운전기사는 바다 사정이 나쁘다는 말만 되풀이하며 자꾸 시간을 늦춘다.

파도치는 바다 가장 앞에 있던 우리 버스 뒤로 수많은 버스와 승용차들이 끝없이 줄을 섰고, 휴게소로 보이는 작은 바는 발 디딜 틈 없이 사람들로 가득 찼다.

기다리는 시간이 길어지면서 덥고 답답한 버스 안은 더더욱 숨이 막힐 지경이 되었고, 꼬맹이들은 빽빽 울기 시작했다. 파비올라 할머니는 남들 눈을 피해 복대를 풀어 헤치시느라 진땀을 빼신다.

그 자리에 서서 정확하게 5시간을 기다렸다. 4시 반에 나타난 배에 버스가 통째로 탔고, 30분쯤 뱃길을 달려 다시 뭍에 도착했지만 아직도 칠레 땅이다. 7시가 넘어서야 겨우 칠레 국경을 넘었고, 원래 우수아이아에 도착했어야 하는 9시 반에는 중간 도착지인 리오 그란데에도 미치지 못한 상태였다.

과연 오늘 안에 우수아이아에 갈 수 있을까? 리오 그란데에 10시가 다 되어서야 도착해 파비올라 할머니와 깊게 포옹을 하고 우수아이아행 미니버스로 갈아탄다.

새벽 1시, 드디어 우수아이아에 닿았다!

아침 7시에 푸에르토 나탈레스에서 버스를 타고 나서도 버스를 두 번이나 더 갈아타고 바다까지 건너서 18시간 만에야 도착한 세상의 땅끝.

칠레 안녕~ 완전 안녕!! 칠레에서 아르헨티나로 오는 길은 언제나 어려웠기 때문인지 아르헨티나에만 오면 나는 너무 감동적이다.

잊힌 그 계절, 지금도 기억하고 있는 시월의 마지막 밤, 세상 끝에 내가 왔다.

349534

IGUAZÚ

Terminal Pto. Iguazú

VIAJE

다시 아르헨티나

없는 게 없는 나라. 누군가는 이만큼 갖고도 이 정도로밖에 살지 못하는 것이 의문이라고 했지만 나는 믿는다. 예전에 그 어느 나라보다 잘살았다던 아르헨티나는 현재 잊힌 여배우지만 언젠가는 화려한 은막의 여주인공으로 반짝반짝 멋지게 컴백하는 날이 올 것이라고. 천혜의 자연과 여유롭고 밝은 사람들이 사는 땅, 아르헨티나는 충분히 그럴 자격이 있다.

우수아이아,
세상의 끝 그리고 모든 것의 시작

나는 내 모든 짐을 지고 길을 걷는 것으로 여행을 시작했다. 32일 동안 800km를 걸었다. 그 길 끝이 목표가 아니라 그 길 끝에서 또 다른 길을 시작할 수 있다는 소박한 깨달음을 얻기 위하여.

스물아홉에 맞은 정신적 사춘기였을까, 약간은 심술 맞게 떠나온 여행이었지만 성장통을 앓고 나면 키가 훌쩍 자라는 것처럼 땅끝 즈음에서는 조금 더 어른이 된 나를 만날 수 있지 않을까 내심 기대를 하며 지내온 터였다.

몸뚱이야 성장판이 닫히다 못해 골다공증을 걱정해야 하는 나이이지만 감정은, 감성은 나이가 듦에 따라 변하긴 하지만 늙는 것은 아니잖은가 말이다.

남미 대륙을 세로로 힘차게 달리는 안데스조차 이 땅의 끝에서 바닷속으로 콱 처박혔으니 나도 이 도시에서는 차분해져야 마땅할 것이다.

땅끝에서 보는 바다이니 바다를 보는 나의 눈은 고요해져야 한다고 생각했고, 남극에서부터 불어오는 바람이니 나의 살갗은 특별히 더 차가운 기운을 느껴야 한다고 생각했고, 해가 지길 기다리는 나의 마음 또한 경건해야 한다고 생각했다.

29년을 나로 살아온 내가 1년도 안 되는 시간을 살던 곳에서 벗어났다고 해서 다른 사람이 될 리가 만무한데 자꾸 나의 내면 어딘가가 바뀌었길 재촉하고 있던 참이니 나는 아직도 미련한 인간인가 보다.

남들은 다들 일생에 한 번은 자고 일어나기가 무섭게 키가 훅훅 자라는 때가 있다던데, 생각해보면 나는 일생 어느 한순간에도 키가 훌쩍 컸던 시기가 없었다. 그래서 아직도 말씀하시는 엄마 표현을 빌리자면 키라고 자라다 만 것처럼 난쟁이 똥자루만 한데, 얼마간의 여행이 나를 새로 태어나게 할 거라고 기대한 오만함은 아마도 땅끝이라는 이 도시의 의미에 너무 집착해버린 결과일 것이다.

바다만 바라보다, 바다를 뒤로하고 섰다.

Ushuaia Fin del Mundo, Principio de Todo 우수아이아 세상의 끝, 모든 것의 시작.

소크라테스에 플라톤 받고 칸트 얹어서 헤겔까지 아는 철학자 올인, 그들이 그렇게 어렵게 말했던 변증법의 명제가 여기 있었네. 부정의 부정은 긍정이라더니만 세상의 끝은 곧 시작이라.

바다를 바라보고 있으면 이곳은 더 이상 갈 곳이 없는 땅이지만 바다를 등지고 서면 여기서부터 갈 곳이 가장 많은 땅이 되는 것이고, 남미 대륙의 가장 남쪽 마을이기도 하지만 남극으로 가는 입구 마을이기도 하다. 게다가 너라고 별수 있겠냐 싶게 끝이 나버린 줄로만 알았던 안데스 역시 드레이크 해협을 지나 남극까지 이어진다니 굳이 이곳에서 어물쩍 해탈한 척을 할 필요가 없는 것이다.

항구에는 부에노스아이레스에서부터 아틀란틱 해를 거쳐 왔을 것이 분명한 호화로운 크루즈선, 여름이 찾아온 남반구이니 남극으

로 가는 유람선, 해군기지가 있는 도시답게 군함, 컨테이너를 가득
실은 모선, 비싸 보이는 요트 등이 나름의 정해진 자리에 정박되어
있었다.

그중에 가장 눈길을 끈 것은 난파선. 드레이크 해협에서 고래를
잡던 포경선일까? 오도 가도 못하고 오랫동안 방치되어 있는 난파선
을 보며 묘한 동질감을 느꼈다. 나를 찾으러 떠나온 길인지 다른 내
가 되기 위해 떠나온 길인지. 그저 아직 나는 나인 채로 변한 것이
없어 보이는데. 아직 여행이 끝난 것도 아닌데.

킬메스 한 병을 옆에 놓고 엽서를 썼다.

세상의 가장 남쪽 마을에 내가 있다. 이곳에서 또 다른 길이
시작되길.

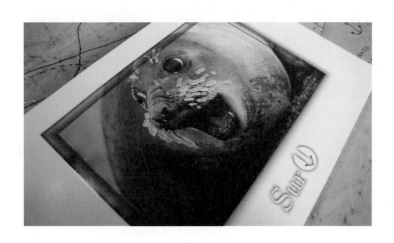

Ushuaia
Fin del Mundo,
Principio de Todo.

la casa de todos

tourista

배낭아, 너도 좀 쉬자.

부에노스아이레스,

여행자, 여행을 놓다

바다를 건너야 하는 대륙 간 이동을 제외한 모든 이동이 육로를 통해서 이루어졌는데 이 땅끝에서 부에노스아이레스까지는 버스 이동이 도저히 불가능해 보였다. 모르면 모를까, 이미 볼리비아에서 무한도전과 1박 2일을 짬뽕한 버스 여행도 했고, 바릴로체에서 칼라파테로 오는 36시간 버스 탐험도 했으니 직행도 없는 52시간 육로 이동은 생각만 해도 몸살이 날 것 같다.

그렇다면 가격 메리트가 있느냐. 비행기 표 값이 버스 이동 토탈 요금보다 싸니 중간 거점 도시를 굳이 가보고 싶은 것이 아니라면 이곳에서 부에노스아이레스까지는 당연히 하늘길이다.

구름 아래로 안데스가 펼쳐진 파타고니아의 하늘을 날아 3시간 만에 부에노스아이레스에 도착했다.

그리고는 고민 없이 카사 데 판초로 향했다. 마라도나를 너무 사랑해서 아르헨티나에 아주 살아버린 남자가 부에노스아이레스에 마련한 작은 집에 여행자들을 들이면서 자연스럽게 만들어진 민박집 카사 데 판초.

도착했더니 주인은 없고 손님이 맞아준다. 방 하나가 비었다는 말에 바닥에서 잘 걱정은 없겠다 싶어 마음이 놓인다. 호스텔 운영 말고도 이곳에서의 직업이 있는 집주인 판초 형님의 귀가가 늦어지는 대신 나갔던 객들이 하나둘 들어오는데 반가운 얼굴이 있다.

토레스 델 파이네 트레킹에서 W 코스를 거꾸로 돌며 이탈리아노 산장까지 가는 길이 평탄하다고 했던 젊은이, 혁이.

"야, 너 그때 그게 쉬운 길 맞아? 힘들어 죽는 줄 알았어!" 하는 나의 말에 "아~ 누나는 올라가는 길이었구나. 나는 내려오는 길이라 편하다고 느꼈나 봐요!"

"야야, 그 길은 내려와도 쉽진 않다. 완전 급경사던데!"

"누나 나이 들어서 그래요."

여행자들 사이에는 유명한 블랙홀이 몇 군데 있다. 한번 들어가면 빠져나오지 못하는 숙소를 블랙홀이라 칭한 것인데, 이곳 카사 데 판초 역시 부에노스아이레스의 블랙홀이다. 갈 길 바쁜 여행자들의 발목을 잡는 곳. 여행이 일이고 생활인 사람들을 집구석에 붙잡아놓았으니 이 집에 발 들이는 순간 우리는 모두 백수 모드로 전환이다.

여행을 하다 보면 아, 이런 곳에서라면 한 일주일 묵어도 좋겠다 싶은 곳이 있다. 경치가 환상적으로 아름답거나 볼거리가 많은 도시도 해당하지만 도시 자체에서 할 일은 없어도 단순히 아침이 너무 잘 나오는 호스텔에 묵고 있다거나, 호스텔 시설이 너무 잘되어 있어서 그 안에만 있어도 즐겁다거나, 스태프가 미남이시네요라거나…… . 그만큼 묵는 곳은 여행에서 아주 중요한데, 카사 데 판초는 사실 그 어느 것에도 해당하지 않는다. 그런데도 이곳은 여행자들을 떠날 기약 없이, 바쁜 관광 계획도 없이 눌러앉게 만들어버린다.

그곳에는 아마도 여행자들이 있기 때문일 거다. 어느 호스텔에나 여행자가 있지만 이곳에는 특별히 한국말이 하고 싶어 죽겠는 여행자들이 있다.

여행을 하면서 내가 느낀 감동과 비현실적인 아름다움을 침 튀기며 얘기할 수 있는 사람들이 있고, 복받치게 억울한 심정과 미치고 팔짝 뛰도록 이상한 문화를 나와 똑같이 느낀 사람들이 있고, 나만한 특이한 경험담을 신나게 늘어놓으면 들어줄 사람들이 있고, 나는 못 해본 것들에 대해 충분히 상상할 수 있도록 이야기보따리를 풀어놓는 사람들이 있다.

그간에 여기서 좀 쉬었다 가자 했던 곳들이 여행 중에 찍는 쉼표였다면 이곳에서 나는 여행을 놓았다.

눈뜨면 어디를 갈까 고민하는 것이 아니라 오늘 저녁은 비프 데초리소로 스테이크를 해 먹을지 로모 살타도를 해 먹을지가 최대 고민이고, 대낮엔 소파와 합체되어 누군가들이 놓고 간 책들을 섭렵하다가 밤이 되면 여행자들 각자의 비밀 제조법으로 자체 제작된 술을 들이켜며 갖가지 여행담을 안주 삼아 하하호호 깔깔거리다 새벽을 맞았다.

백수도 백수도 이런 날백수가 없다. 일상을 살다가 여행자가 된 것도 일탈이지만, 여행을 하다가 이렇게 여행을 놔버리는 것도 일종의 일탈이 아닌가 싶다.

개점휴업 상태였던 부에노스아이레스 여행은 이곳에 도착한 지 엿새째 되는 날에야 개시되었다.

부에노스아이레스,

보행자 천국 플로리다 거리의 예술가들

어느 시절엔 미국보다 잘살았다는 아르
헨티나의 수도 부에노스아이레스는 남미의 파리라고 불릴 정도로
유럽색이 짙다. 유럽에서 유입된 인구가 많아서 남미의 여느 나라와
는 달리 아르헨티나 사람들은 백인인 데다 도시의 분위기마저 유럽
냄새가 물씬 난다. 하지만 이곳이 남미의 파리인 진짜 이유는 셀 수
없이 많은 미술관, 박물관, 예술 공연장, 극장, 연주회장 등이 몰려
있는 문화 중심지이기 때문이다.

그중에 가장 번화한 곳, 고급 부티크와 기념품 상점과 값비싼 레
스토랑, 백화점이 즐비한 플로리다 거리는 차가 다닐 수 없는 보행
자들의 천국이다.

거리 곳곳에 자리 잡은 행위 예술가들의 약간은 엉성한 포즈에
희미하게 웃으며 천천히 거리를 지나치는데 어디선가 귀에 익은 음
악 소리가 들린다. 이방인들의 음악 소리에 발길을 멈추었던 어느 봄
날의 퇴근길을 문득 떠올리게 하는.

낯선 악기들의 울림이 마치 아주 높은 곳에서부터 불어오는 바람
소리 같아 한참이나 구경을 했었다. 밴드 구성원들의 생김이 인디

오라 남미 어딘가의 음악이겠거니 하며 큰 관심을 두지는 않았지만 소리 자체가 청아하여 정신이 맑아지는 듯했던 그 느낌을 기억한다.

날이 이미 한참 더운데도 판초를 둘러쓰고 길이가 다른 대나무 관을 잇대어 엮은 삼포냐를 부는 키가 작은 인디오의 모습에 괜한 쓸쓸함이 찾아온다. 안데스 고원의 바람 소리, 콘도르가 창공을 가르며 내는 울음소리, 마추픽추의 산봉우리에 내리는 빗소리가 틀림없는 그들의 악기 소리가, 내 주변 공기를 퇴근길 천장이 높은 7호선 강남구청역으로 바꾸어놓았다.

철저하게 이국의 음악을 들으며 퇴근길의 향수에 젖다니……. 다들 즐거운데 나만 홀로 외로운 여행객이 되었다. 멀지 않은 곳에 음향기가 놓여 있고 탱고 의상을 갖춰 입은 무희가 화장을 고치느라 여념이 없다. 주중, 주말을 가리지 않고 이 길에서 꽤 수준 높은 탱고 댄서들이 공연을 한다더니 바로 이것인가 보다!

사람들이 모여들자 사회자가 공연에 앞서 무대로 쓰일 공간을 확보하는 데 공을 들인다. 그러고는 곧 플로리다 거리 한복판에 탱고

춤판이 벌어졌다. 경쾌한 차작착착 하는 네 박자 리듬에 맞춘 화려한 무대 매너, 신들린 듯한 표정 연기가 압권인 여자 무용수의 카리스마와 좀 늙긴 했지만 여자를 밀고 당기며 무대 중심에서 춤을 지휘하는 남자 무용수의 노련함은 사람들이 탄성과 함께 박수를 치다가 저절로 주머니에서 돈을 꺼내게 하는 기적을 행하고 계셨다.

격렬하게 다리를 치켜들며 스텝을 밟고, 핑그르르 돌다가 팔짝 뛰어올라 남자 무용수의 무릎에 올라앉고, 허리를 반으로 접듯이 휙 젖혔다가 올라와서는 카리스마 짙은 표정으로 관객들을 훑어보는 여자 무용수의 농염한 자태에 홀딱 빠져 잠시나마 나도 탱고라는 춤을 배워보고 싶다는 생각이 들었다. 저 춤을 추면 어쩐지 내 인생이 파격적으로 섹시해질 것만 같았달까. 여자 무용수의 엉덩이가 다 보이는 망사 스타킹 때문에 그런 생각을 한 건 아니다.

무대 구석구석을 다 활용할 정도로 동선이 큰 움직임으로 춤을 추어 보이고 나서 이 끝에서 저 끝을 당당하게 걸어가 주고 무대 한가운데로 나서 다리를 쫙 찢는 마지막 동작을 보고서야 긴장감에

꽉 쥐었던 주먹을 푼다.

　나처럼 춤 못 추는 사람에게는 춤이란 춤은 당연히 배워야 하는 것이지만 특히나 탱고를 보고 있자니 이 춤은 지독하게 열심히 배워야 출 수 있는 춤인 것 같다. 춤사위(?)가 화려해질수록 춤이라기보다는 서커스를 보는 듯한 느낌마저 들었으니 말이다.

　두 번째 무대는 여자 무용수가 땅바닥에 한쪽 다리를 대고 허리를 활처럼 젖혀 쇄골을 깊게 드러내며 마쳤다. 빨간 구두를 신은 자신감 넘치는 표정의 무희의 눈빛이 오랫동안 생각났다. 아마도 꽤 부러웠던 모양이다.

부에노스아이레스,
탱고의 고향 라 보카

보카 지구는 과거 아르헨티나의 부국강성을 이끌었던 최대 항구였다. 보카는 스페인어로 '입'이라는 뜻으로 여기서는 하구의 의미로 쓰였을 것이나 실제로 이민자들과 수입한 아프리카 노동자들을 받아들이는 역할을 했으니 입 구실을 하기도 한 셈이다.

신대륙의 부를 찾아왔으나 부두의 노동자가 될 수밖에 없었던 유럽, 특히 스페인과 이탈리아 이민자들과 도축업자들, 도시의 빈민들, 그리고 그들의 힘겨운 삶을 위로했던 싸구려 선술집의 매춘부들, 고향을 떠나온 애환을 가진 이들과 상처받은 영혼들이 뒤섞여 살았던 곳, 라 보카.

그 어두운 바 한구석에서 고단하고 외로운 삶을 잊고자 술기운을 빌려 쿵짝쿵짝 밟기 시작한 스텝이 탱고라는 춤의 시작이라니 고향을 떠나온 자들에 의해 이곳은 탱고의 고향이 되었다. 스텝이 힘차고 몸짓은 정열을 넘어 관능적이지만 보고 있자면 문득문득 애잔함이 느껴졌던 것에 이유가 있었구나.

재미있는 사실은 라 보카에서 이 춤이 한창 인기를 끌었을 당시에 아르헨티나 정부는 이 춤의 태생이 음란하고 야만적이라 하여 정해진 장소 외에서 탱고를 추는 것을 금지했었다고 한다.

하지만 1920년대 파리의 밤무대에 소개되면서 탱고는 사람들의 찬사를 받게 되고 여러 나라를 거쳐 다양한 형태로 발전하여 대유행을 했다. 기껏해야 손을 맞잡고 허리를 감싸는 사교댄스가 있었을 유럽에서, 정열의 땅에서 온 부둥켜안고 추는 춤의 인기는 폭발적이었다. 그 후에야 아르헨티나도 이 춤의 금지를 풀고 탱고의 발상지로서 자긍심을 갖게 되었다고 한다.

그리고 현재, 그 옛날 탱고가 탄생한 어두운 선술집은 완벽하게 재정비가 되었다. 라 보카 출신의 화가 킨케라 마르틴이 이 지역을 소재로 한 자신의 그림이 비싼 값에 팔리자 이곳에 학교와 병원을 세웠다. 그리고 그는 친구인 퓌리베르토의 탱고 춤곡 〈카미니토〉를 기념하기 위해 100여 미터의 길에 늘어선 건물 벽에 알록달록한 색을 입혔고 이 길의 이름을 춤곡과 동명인 '카미니토 오솔길'라고 붙였다.

쇠퇴한 항구의 흉물스러운 쪽방과 창고는 컬러풀하고 엣지 있는 기념품 가게와 카페가 되었고, 허름한 선술집은 번듯한 탕게리아 식사를 하며 탱고를 즐길 수 있는 레스토랑가 되었다. 동시에 뜨내기들의 허전함도, 노동자들의 고단함도, 술을 팔던 여인들의 서글픔도, 도시 빈민들의 비루함도 관광객들의 웃음소리에 묻혀버린 듯하다.

탱고의 고향답게 이곳 식당에는 몽땅 탱고 무대가 갖추어져 있고, 동시 상영처럼 각각의 무대마다 탱고 공연이 있다. 하지만 이곳의 탱고는 어딘가 탐욕적이다. 무대 곁에 붙어 앉은 형님들이 카메라를 들이대는 관광객들을 향해 어김없이 손을 내민다. 이곳에서 밥 먹는 사람들을 위한 쇼이니 오다가다 보는 사람들에게는 모두 관람료를 받겠다는 심산인 듯하다.

원래 유명한 사람의 고향은 관광지가 되기 마련이다. 완벽하게 상업 지구화 된 탱고의 고향이 약간 씁쓸하다.

카미니토를 벗어날 즈음 조금 특이한 탱고 커플을 만났다. 지금껏 본 무대 중에 가장 아마추어적인 것으로 보아 연습을 하고 있는 모양이다.

킨케라 마르틴같이 유명한 화가가 될 날을 기다리며 카미니토를 자신들만의 야외 갤러리로 꾸민 거리의 화가들처럼, 언젠가는 고급스러운 탕게리아에서 공연하기 위해 연습 중인 춤꾼들. 탕게리아의 댄서들이나 탱고 의상을 입고 관광객들과 탱고 포즈를 취해주고 돈을 받는 아가씨들보다는 연습생들의 서툰 탱고가 오히려 이곳을 탱고의 고향답게 해주는 것이 아닌가 싶다.

날랜 발동작과 섬세한 몸놀림은 아직 미숙하지만 표정만큼은 어느 춤꾼 못지않은 꿈을 꾼다. 그들이 꾸는 꿈은 여전히 아메리칸, 아니 아르헨티나 드림이 아닐까?

부에노스아이레스,
우리 모두 해피 투게더, 바 수르

바 수르 Bar Sur, 남쪽 바. 너무나 남미스러운 이름이다. 남쪽이라는 이미지 때문인지 아주 정열적인 탱고를 만날 수 있을 것 같았기 때문에 여러 탱고 바 중에 어렵지 않게 이곳을 선택했다.

공연 시작보다 조금 빨리 도착하는 것이 좋겠다 싶었는데 표에 적힌 8시는 8시에 문을 연다는 의미인지 8시 땡 하고 나서야 딱따구리같이 생긴 도어맨이 문을 열어주고 자리 안내도 해준다. 도어맨이 아휘처럼 생겨야 한다고 생각했던 사람은 나뿐인가?

전체적으로 어두운 조명 아래 격자 모양으로 붙어 있는 검정색과 흰색 큼지막한 타일 플로어가 가장 먼저 눈에 띄고, 벽을 따라 한 줄로 배치된 열 개가 채 안 되는 테이블이 만든 자연스러운 무대가 소박해 보인다.

약간 의아스러운 점이라면, 홍콩의 유명한 배우 장국영과 양조위가 이곳에서 〈해피 투게더〉라는 영화를 찍었다고 홍보를 할 법도 한데 모르는 사람은 전혀 모르고 지나칠 정도로 〈해피 투게더〉와 관련한 어떤 것도 없다는 것이었다. 그 영화로 손님 끌지 않아도 보카 지역의 탱고를 보기에 여기만 한 곳이 없다는 자신감일는지도 모른다.

90페소짜리 와인 한 병을 시켜 올리브와 함께 홀짝홀짝 마시고 있으려니 자리도 얼추 차고 노신사의 소개말과 함께 탱고 공연이 시작되었다.

이곳의 탱고 무대는 내가 기대했던 것과는 조금 달랐다. 화려하고 격정적인 춤동작 대신 타일 바닥을 조심스럽게 미끄러지는 스텝과 빙글빙글 도는 움직임이 탱고라기보다는 블루스에 가까워 보였다. 여자 무용수의 옷차림도 단아해서 탱고가 맞는지 헷갈렸지만 들고 간 책자를 보며 이것이 탱고의 한 종류인 살롱탱고인가 보다 짐작해 본다.

플로리다 길에서 만난 여자 무용수의 카리스마 눈빛 연기가 일품인 판타지아 탱고에 이미 환호한 적이 있으니 이런 차분하면서도 절제된 탱고도 나쁘지 않았다.

예상치 못했던 것은 그뿐이 아니었다. 탱고곡들은 다 연주곡인 줄로만 알았는데 탱고 연주곡에 맞추어 나이 지긋한 여가수의 노래가 이어진다. 가사 내용은 전혀 알아들을 수 없었지만 탱고에 관한 슬픈 전설이라도 읊어내는지 가락이 애잔하다.

그러고는 어둠 속에서 잠시 텀을 두고 자리를 정리하더니 세 명의 꽃미남이 나타났다. 피아노, 바이올린, 그리고 반도네온을 하나씩 차지한 밴드의 무대가 시작된 것이다.

반도네온은 탱고 공연에 빠질 수 없는 악기이지만 점차로 사라져 가는 악기이며 연주자도 드물다던데, 바로 이 악기의 연주를 생생하게 들을 수 있는 것만으로도 생각지 못한 행운이 들이닥친 것 같아서 눈과 귀가 저절로 왕방울만 해졌다.

로마 황제 시대의 유명한 호사가 이름 같은 반도네오니스타가 그 커다란 주름상자와 한몸이 되어 가슴을 활짝 폈다가 웅크리기를 반복하고 몇 개인지 짐작하기도 어려운 개수의 버튼 위를 길고 가느다란 손가락이 바쁘게 움직일수록, 나지막하고 순하게 시작한 음색은 가파른 산을 오르듯 빠르게 음역이 확대되었고 미처 따라오지 못한 잔음은 긴 꼬리를 남겨 화음이 되었다.

　빠르고 힘찬 연주가 흐르면 댄서들의 발놀림도 빨라졌고, 느릿하고 슬픈 연주곡에서는 댄서들도 절제된 감정선 위에서 조심스러운 춤을 추었다. 젊은 연주자들의 진지한 연주와 그 연주를 예민하게 따르는 무용수들의 몸짓이 뒤섞여 에로틱한 동작 하나 없이도 바 내부가 후끈해졌다.

　공연 중간중간 손님들을 한 명씩 불러내 탱고 리듬에 몸을 맡기게 하는 것도 상당히 이색적이었다. 바의 규모 자체가 작고 관객과 밀접한 무대를 갖고 있었기 때문에 1층에 자리 잡은 거의 대부분의 사람들이 댄서들의 무대가 끝날 때마다 불려 나가 춤을 추어야 했다.

덕분에 태어나서 탱고는커녕 에어로빅조차 해본 적 없는 나도 남자 댄서의 품에 안겨보았다! 내 손을 남자 댄서의 손 위에 올려놓으면 되는 것인지 맞잡아야 하는 것인지 고민하는 틈에 춤은 시작되었고, 남자 댄서와 눈 한 번 맞춰보지도 못하고 잘못해서 발 밟을까 땅만 바라보며 이리저리 끌려다니는 중에 아쉽게도 음악은 끝이 나버렸지만.

바 수르에 간다면 탱고 스텝 정도는 배워 가는 것도 좋을 것 같다. 끌려나가지 않더라도 공연이 다 끝나고 나면 지금껏 출연했던 모든 가수와 무용수, 연주자들이 나와 인사를 하고 모두가 한무대에서 탱고를 추는 진풍경도 벌어지니 말이다. 전문 무용수들이 다가와 손을 내밀고 눈인사를 하며 춤을 권하는 모습은 이곳에서만 받을 수 있는 특별한 애정같이 느껴졌다.

모두가 무대에 나가 춤을 추고 돌아온 자리엔 샴페인 잔 하나씩이 놓여 있다. 한 사람 한 사람에게 샴페인을 따라주며 눈을 맞추고 고맙다고 인사를 한 노신사의 건배와 함께 1시간 반 공연이 끝이 났다.

라바예 거리와 에스메랄다 거리 사이 기념품 가게와 환전소가 자리한 한쪽 Av. Lavalle 835 에 각종 공연 티켓을 취급하는 티켓박스가 있다. 어느 공연이든 할인된 가격의 티켓을 구할 수 있다.

탱고 공연 반값에 보기

부에노스아이레스,
일요일엔 산텔모

부에노스아이레스에 온 여행객이라면 누구나 일요일엔 산텔모 지구의 도레고 광장에 출동해야 한다.

매주 일요일, 이곳에는 골동품 시장이 열린다. 스페인 식민지 시대에 형성된 콜로니얼한 풍경이 그대로 남아 있는, 주변 풍경과 너무나 잘 어울리는 소재의 시장이다.

오래되고 낡은 거리에 펼쳐진 오래되고 낡은 것들의 장. 빛이 바랜 식기, 손때 묻은 책들, 귀퉁이가 다 해진 사진, 셔터는 눌릴까 싶은 구식 카메라, 소가 많으니 가죽 또한 훌륭해 대를 물린 듯한 가방, 돈깨나 들었을 애지중지 모은 LP판, 나폴레옹이 조세핀에게 보낸 것은 아닌지 확인해볼 필요가 있는 불어로 된 연서, 그리고 쓰레기가 분명한 더러운 욕조와 잡동사니, 잡동사니, 잡동사니……. 흙 속에 숨겨진 진주를 찾아내는 재주가 없는 관계로 윈도쇼핑, 아니 가판대 쇼핑으로 만족한다.

이곳이 단순히 골동품 시장이라면 일요일 아침부터 부에노스아이레스에 있는 관광객이란 관광객을 다 불러 모을 수는 없을 것이다. 골동품에 관심 있는 사람이 얼마나 된다고. 작은 광장 하나를

사방으로 채운 골동품 시장을 중심으로 그 어느 복합 상가 부럽지
않은 노상 벼룩시장이 몇 개의 블록과 그 사이사이 골목까지 차지
할 정도로 길게 늘어서 있다.

게다가 길 곳곳에 음악가들이 있고, 화가들이 있고, 탱고 춤꾼이
있고, 다양한 퍼포먼스를 펼치고 있는 거리 공연가들이 쌔고 쌨으

니 이곳은 시장인 동시에 예술의 거리다. 고개만 돌리면 눈을 사로잡고, 귀를 기울이게 하고, 발을 멈추게 하는 공연이 수도 없이 열리는 곳, 산텔모. 그중에 역시 가장 눈에 띄는 것은 탱고 공연으로, 아무리 아르헨티나와 떼어놓을 수 없는 아이템이라고 해도 유난스러운 정도다. 하지만 이곳의 탱고는 서커스스러운 플로리다 거리의 탱고와도, 다소 탐욕스러워 보이는 라 보카의 탱고와도, 조용하고 차분한 바 수르의 탱고와도 다르다.

쿠바에서 살사를 볼 때 느꼈던, 생활이구나 했던 그 느낌을 이곳에서 다시 받았다. 열심히 배워서 만반의 준비를 하고 나온 사람들이 추는 춤이 아니라, 어릴 때부터 탱고 음악과 춤에 익숙한 사람들이 길을 가다가 탱고 음악이 들리니 그 자리에서 탱고를 추기 시작한 듯한 무대.

가슴께를 풀어 헤친 셔츠를 입은 남자와 아름다운 S 라인 몸매가 그대로 드러난 옷을 갖춰 입은 여자의 프로페셔너블한 탱고 무대를 만난다면 물론 그야말로 쾌지나 칭칭이겠지만, 가벼운 마음으로 한가로운 일요일 오전의 관광을 즐기러 나온 사람들로 들썩이는 곳이니 하지정맥류 치료가 시급해 보이는 다리를 소유한 노부부의 스포츠 댄스 같은 탱고가 오히려 마음이 편하다. 춤추는 본인들도 공연이 끝나고 나면 놓쳐버린 박자 생각이 났는지 멋쩍게 웃어버리니 박수를 치는 내 입가에도 미소가 번진다.

눈길 사로잡는 화려한 유리공예 액세서리를 파는 노점 앞에서 한참이나 꿈지럭거리다 보니 어느새 손에는 친구들에게 줄 선물들이 들려 있다. 그 사람의 이미지와 딱 맞는 작은 소품 하나하나를 고르는 것은 마흔여덟 가지 맛이 나는 젤리 중에 어떤 것을 먼저 먹을지 결정하는 것보다 더 고민스러운 과정이지만 받고 좋아할 친구들의 얼굴을 생각하면 지치지 않는다. 물론 똑같은 것을 한국에서 찾을 수 있다고 해도.

온갖 거리 공연과 노점에 다 참견하며 슬근슬근 걷다 보니 시간 가는 줄은 모르겠는데 다리는 아프고 배도 고프다. 두툼한 엠파나다 하나를 입에 물고 이미 한 차례 방문한 적이 있는 중국식 뷔페로 향한다. 음료를 포함해서 우리 돈 약 8천 원이면 정말 배가 터지도록 맛있는 음식들을 맛볼 수 있다. 물론 '중국식'이라는 이름이 붙은 곳은 세계 어느 나라를 가나 음식의 종류도 맛도 국적 불명이다. 중국처럼 다른 나라 식문화를 잘 흡수하는 나라가 있을까? 남미 음식도 아니고 내가 아는 중국 음식도 아니지만, 고기는 어쨌든 쇠고기라는 것!

배도 부르고, 다리도 쉬고 나니 '우리나라에도 골동품 시장이 있는데…… 인사동이나 황학동을 찾는 외국인들은 충분히 대한민국을 즐기고 있을까?' 하는 생각이 불현듯 든다.

배가 고파도 고향 생각이 나고, 배가 불러도 고향 생각이 나니 이곳에서 떠날 때가 되었나 보다.

푸에르토 이구아수,

무엇을 상상하든 그 이상

부에노스아이레스에서 푸에르토 이구아수까지는 20시간 정도로 얼추 하루쯤 걸리는 여행길이니 이왕이면 오전에 도착해 오후 시간을 여행에 쓰는 것이 알뜰한 여행가 정신이다. 오후 늦게 출발하는 버스 요금이 더 싸지만 오전에 도착하기 위해 2시 티켓을 샀다. 적당히 시간도 아끼고 돈도 아낀다.

버스는 다음 날 오전 11시에 푸에르토 이구아수에 도착했고 이곳에서 브라질의 리우데자네이루로 가는 버스 티켓을 구하기 어렵다는 소식에 버스에서 내리자마자 다음 행선지의 티켓을 사버린다. 13만 원……. 눈물 나게 비싸다.

터미널 근처의 호스텔에 대충 짐만 풀고 20시간짜리 이동을 한 그대로의 몰골로 이구아수행 버스에 올랐다.

날씨가 끝장으로 좋았기 때문에 꼴은 좀 추레하지만 기분만은 날아갈 것 같았다.

푸에르토 이구아수의 관광 포인트는 폭포 상부를 둘러보는 어퍼 트레일 Upper Trail, 하부를 둘러보는 로워 트레일 Lower Trail, 이구아수 강 한가운데에 있는 산마르틴 섬, 이구아수 폭포 속으로 들어가

볼 수 있는 보트 트립, 그리고 하이라이트 악마의 목구멍 Garganta del Diablo 으로 나눌 수 있다.

　다른 것들은 모두 취사선택이지만 악마의 목구멍은 필수! 관광용 코끼리 열차 같은 지붕만 있는 열차에 올라 악마의 목구멍으로 향한다.

　악마의 목구멍까지 1100m. 그늘 한 점 없는 땡볕 아래 이구아수 강의 상류를 가로지르는 다리를 건너가는 것인데 이 강은 수상하리만치 고요하다. 그래서 더더욱 악마의 목구멍이 어떤 것인지 상상하기가 어렵다. 조용하게 흐르는 아마존의 드넓은 이 강은 붉은색이구나 하며 습습한 밀림 속으로 걸어 들어간다.

　어…… 저 멀리 물보라가 산처럼 피어오르는 곳이 보인다. 가까이 다가가니 입이 딱 벌어진다.

　그것은 물이 떨어져 내리는 폭포가 아니라 지구에 난 커다란 구멍 속으로 세상의 물이란 물은 다 쏟아져 들어가는 것처럼 보였다. 규모에 압도당하고, 귀를 울리는 우렁찬 굉음에 또 한 번 혀를 내두른다. 불은 재를 남기지만 물은 모든 것을 쓸어가 버린다는데, 발밑으로 떨어져 내리는 물줄기를 보고 있자니 같이 떠내려갈 듯한 착각에 나도 모르게 난간을 꼭 부여잡는다.

　안단테로 흐르던 강물이 악마의 목구멍으로 쏟아져 들어가면서 순식간에 아지타토로 바뀌었다. 짙은 물보라 때문에 폭포의 끝은

Garganta del Diablo,
악마의 목구멍.

고사하고 바로 건너편도 제대로 보이지 않는다. 아마도 악마의 목구멍의 실체는 폭포 사이를 쉼 없이 드나드는 저 새들만이 알 수 있으리라.

폭풍의 핵이 정작 잠잠한 것처럼 폭포의 한가운데에는 정적이 있어 새들의 보금자리라도 있는 것일까. 어떤 연유로 저렇게 들락거리는지 모를 일이다. 그 이유는 또한 폭포 속으로 한쪽 끄트머리를 내어준 무지개만이 알 일인가 싶다.

강의 상류가 너무나 고요하고 잔잔해 이 폭포가 그 강의 한 부분이라는 것이 눈으로 보면서도 믿기지 않으니, 이 폭포의 존재를 몰랐던 원주민들이 그대로 폭포로 쓸려 들어갔다는 말이 이해가 되고도 남는다. 그렇게 쓸려 들어가면 살아 나올 수 없다 하여 붙은 이름, 악마의 목구멍. 누가 지었는지 그분께서 작명소 차리면 내 자식 이름은 꼭 거기서 지을 테다.

악마의 목구멍이라는 표현이 관광지에 어울리지 않는 부정적인 이미지라 하여 이곳의 이름을 천사의 목소리로 바꾼다는 이야기가 있던데, 만약 그렇게 한다면 내가 도시락을 싸 들고 다니며 개명 반대 시위를 하고 말 것이다.

갔던 길을 돌아 나와 폭포 속으로 배를 타고 들어갈 수 있다는 보트 투어인 아벤투라 나우티카 Aventura Nautica 를 하기 위해 선착장으로 내려갔다. 물이 너무 많이 불어서 산마르틴으로 들어가는 배는 운영을 안 한다는데 다행히 보트 투어는 운영이 되고 있었다.

아래쪽으로 내려오니 튀어 오르는 폭포의 물방울들이 그대로 날아와 온몸이 축축해진다. 다니다 보면 옷차림이 가볍다 못해 비키니만 걸친 언니들이나 웃통을 벗은 남자들을 어렵지 않게 볼 수 있는데, 아마도 이 축축한 곳에서는 옷을 갖춰 입는 것이 더 거추장스럽

기 때문인 듯하다.

　이구아수 폭포에 옷이 다 젖어보는 것도 상당히 특이한 경험이 될
수 있겠지만 아직 트레일을 하지 않은 관계로 비옷을 뒤집어썼다. 입
은 첫날 옆단이 찢어져 허접하게 셀로판테이프를 덕지덕지 붙인 2천
원도 안 되는 싸구려 비옷이지만 오랜 시간 나와 나의 배낭을 비로
부터 지켜준 기특한 녀석에게 이구아수 폭포의 맛을 보게 해줄 참
이다.

마지막 보트였기 때문에 손님이 없어 보트 승선객 달랑 두 명, 운전자 한 명, 안전 요원 두 명으로 객보다 주가 더 많은 보트가 출발했다. 덕분에 스태프 한 명씩 일대일로 붙어 서비스가 완벽하게 집중되는 상황이 되었다.

산마르틴 섬 주변을 돌며 폭포 포인트마다 사진도 열심히 찍어주시고, 카메라 젖을까 봐 괜찮다는데도 자꾸만 사진을 찍으라고 보트를 세워주신다. 물보라 때문에 사진도 엉망진창이고 비옷을 뒤집어쓴 내 모습도 엉망진창이지만 신이 나서 "바모스Vamos, 가자!"를 외친다.

보트의 앞머리가 들릴 정도로 빠르게 물살을 가르며 베르나베 멘데스 Bernabe Mendez 폭포 속으로 돌진한다. 그러고는 낙수 속에서 우당탕탕 물폭탄을 맞고 나오니 뿅망치로 쉴 새 없이 머리를 얻어맞는 두더지의 기분을 알겠다. 그 오락 하지 말아야겠다.

벗겨진 비옷의 모자 때문에, 모양은 빠지지만 옷을 다 적시지는 않겠다는 나의 의지와는 상관없이 물에 빠진 생쥐 꼴이 났다.

사실 폭포로 들어가는 순간 무서워서 눈을 뜨기는커녕 숨도 못 쉬었지만 15분에 75페소라는 어마무지한 가격에 두려움도 잊고 "나이스! 원 모어, 원 모어!"

젖은 머리를 풀어 헤치고 로워 트레일에 나섰다. 밀림이라 워낙에 습한데 수풀로 뒤덮인 폭포들을 바로 옆에서 지나치다 보니 손에 잡힐 듯한 무지개를 만나는 일도 다반사이고, 흔들리는 나뭇잎 사이로 비집고 들어온 햇살에 물방울이 둥둥 떠다니는 신비로운 장면도 수없이 마주친다.

음습해 보이는 곳에서라면 어렵지 않게 만날 수 있는 손가락만한 크기에서 다리통만 한 놈까지 크기도 다양한 도마뱀과, 나뭇가지 사이에서 나의 동향을 살피는 쪼끄마한 원숭이들까지 볼 수 있으니 로워 트레일은 그야말로 밀림 탐험이다.

어퍼 트레일은 조금 더 산뜻하다. 전망대와 나무다리가 설치된 몇 개의 폭포 위를 산책하듯 걸어 다닐 수 있도록 만들어져 있고, 지나온 폭포들을 한꺼번에 볼 수도 있다.

이구아수에서 벗어나는 길, 작은 색종이들이 떠다니는 것처럼 색색깔 나비들이 아른거리고 어디선가는 샛

노랑 나비 떼가 작은 구름처럼 몰려왔다가 사라지기도 한다. 걸어 다니다 보면 바지에도 나비가 붙고, 카메라에도 달려들고, 뭐가 이렇게 커다란 게 돌아다니나 싶은지 호기심 어린 나비가 한참이나 내 주변을 맴돌기도 한다.

물론 너구리같이 생긴 코아티 녀석도 내 주변을 한참 머물렀으니 나비가 나를 꽃으로 착각한 것은 아니다.

브라질−포스 도 이구아수,
세계 최고의 명작

하나의 강에 몇 개의 나라가 면해 있다면 그 강은 어느 나라의 강이 되는 걸까. 이구아수 강과 파라나 강이 합류하는 지점, 이구아수 폭포가 있고 그에 면한 나라 아르헨티나와 브라질, 파라과이는 강과 폭포를 나누어 가졌다. 이구아수 폭포의 하이라이트인 악마의 목구멍을 아르헨티나가 가졌으니 사이좋게 나눈 것은 아닐지 몰라도 어쨌든 나눠 먹었다.

이 땅은 원래 파라과이 땅이었다. 1865년 파라과이의 독재자 프란시스코 솔라노 로페스가 정국이 혼란한 우루과이를 손에 넣기 위해 우루과이 사태에 개입하면서 같은 이유로 우루과이를 차지하려던 남미 국가들과 전쟁이 일어났다. 파라과이는 참패했고 그때 이구아수 폭포를 함께 잃었다.

이 전쟁에서 끝까지 항거한 로페스 대통령은 파라과이의 영웅이 되었지만 그 전쟁이 일어나지 않았다면 이구아수 폭포는 여전히 파라과이 것이며, 관광객들은 이구아수 폭포를 보러 파라과이로 몰려갔을 것이다. 그랬다면 관광객들이 두 군데의 폭포를 보러 아르헨티나와 브라질의 국경을 번거롭게 넘나들지 않아도 되고, 입장료를 두

손 뻗으면 닿을 듯한 플로리아노 폭포.
이 거대한 황토물이 그대로 내게
와락 쏟아질 것만 같은 착각.

번 내는 일은 하지 않아도 됐을 텐데.

표를 사 들고 입장을 위해 줄을 서면 입장 게이트마다 서 있는 스태프들이 일일이 표를 받아 개찰을 해주며 인사를 건넨다.

"안녕하세요, 감사합니다."

영락없는 브라질 청년이 한국말로 인사를 하니 깜짝 놀랄 수밖에.

"어머, 안녕하세요!"

내가 한국인인 줄 어찌 알고 나에게 한국말로 인사를 했을까. 표 살 때 국적을 묻더니만 나의 표에 'COREIA DO SUL'이라고 적혀 있다. 여행객을 감동시키는 것은 단지 작은 성의만으로도 충분하다.

에어컨 빵빵한 2층 버스 맨 앞자리에 앉아 10분 정도 달리니 이게 웬일인가 싶게 버스에서 내리자마자 이구아수다. 이렇게 쉽게 보여주다니! 그렇다고 긴장감이 떨어진다면 이구아수가 아니다.

전망대에서 보면 정말 바로 내 눈앞에, 손 뻗으면 닿을 듯한 곳에서 거대한 플로리아노 폭포수 Salto Floriano 가 장대하게 쏟아져 내린다. 너무나 가깝고 수량 또한 풍부해서 이 거대한 황토물이 그대로 내게 와락 쏟아질 것 같은 착각에 악마의 목구멍 못지않은 두려움이 인다.

아래쪽으로 내려갈수록 포말이 심해져서 마치 내리는 비를 피하지 못하는 기분이다. 엘리베이터를 타고 제일 아래층까지 내려가면 중력이 무시되는 것처럼 보였던 악마의 목구멍에서처럼 또 하나의 기초과학 원리 하나가 무참히 깨진다.

원근감이 사라지는 것이다! 어마어마하게 높고 거대한 폭포가 워낙에 가까운 곳에 있다 보니 그 앞에 서 있는 사람이 나와 얼마나 가까이 있는 것인지 한 번에 인식이 어려워진다. 마치 영화관의 스크린 앞에 서 있는 사람처럼 배경이 비현실적으로 보이기까지 한다.

아르헨티나의 푸에르토 이구아수에서 보는 폭포들이 대부분 위에서 내려다보는 구조라면 브라질의 포스 도 이구아수에서 보는 폭포들은 대부분 아래에서 올려다보거나 눈높이가 맞는 구조로 되어 있다.

플로리아노 폭포를 비롯해 말발굽 모양으로 돌아치는 수많은 폭포를 360도 사방에서 볼 수 있는 전망대는 포스 도 이구아수의 백미이며, 걸어서 전망대까지 다녀오기만 해도 떨어지는 폭포수 튀는 물에 온몸이 다 젖을 정도이니 폭포에 상당히 가깝게 접근하는 것

도 이곳만의 장점이다.

또 한 가지 브라질 쪽 이구아수의 강점이라면, 폭넓게 볼 수 있다는 것. 수많은 계단식 폭포와 아르헨티나 땅에서 떨어져 내림에도 불구하고 아르헨티나에서는 볼 수 없는 폭포들이 한눈에 보이니 절대로 푸에르토 이구아수에 비해 감동이 덜하지 않음이다.

브라질에서 보는 이구아수 폭포를 두고 어떤 사람들은 끊임없이 폄하한다. 푸에르토 이구아수와 포스 도 이구아수는 나란히 붙어 있는 형제 같은 위치이니 비교의 대상이 될 수는 있다. 하지만 어떤 곳이 내 취향에 더 맞는지를 떠나 "거긴 볼 것이 없다"라고 쉽게 말해버리는 것은 안 된다. 다른 사람의 여행을 방해할 수도 있기 때문이다.

실제로 "브라질 쪽 이구아수는 그냥 그렇대요" 하면서 이곳을 건너뛰는 사람들을 많이 보았다. 다른 사람이 이곳에서 받을 수 있는 감동을 놓치게 하는 일이 과연 옳은가.

아르헨티나 쪽 폭포들을 한눈에 볼 수 있는 지점인 어퍼 트레일의 보세티 폭포 Salto Bosetti 위에서도 이렇게 병풍처럼 펼쳐진 모습은 볼 수가 없고, 아르헨티나 땅에 있지만 아르헨티나 땅에서는 제대로 볼 수 없는 리바다비아 폭포 Salto Rivadavia 와 삼총사 폭포 Salto Tres Mosqueteros 를 브라질에서는 볼 수가 있는데 말이다.

간혹 어떤 여행자들은 의사가 당뇨 환자에게 먹으면 안 되는 음식을 나열해주는 것처럼 여기는 가지 마시고요, 저기는 볼 것이 하나도 없고요, 요기는 어떻고 조기는 저떻고 하는 얘기들을 너무나 쉽게 한다. 이곳 브라질의 이구아수를 보며 나 역시 무의식중에 여행자들끼리 정보를 주고받는 것 이상의 '가라마라' 식의 처방전을 남발하는 여행자는 아니었는지 반성해본다. 안 왔으면, 다른 사람들

얘기만 듣고 이곳에 안 왔으면, 나는 내가 큰 실수를 했다는 것도 모르고 살 뻔했잖아.

공원을 빠져나가는 버스를 기다리며 저 멀리 악마의 목구멍에서 피어오르는 포말을 바라보는데 문득 심장이 쿵 하고 떨어진다.

혹시 내가 세상에서 가장 멋진 것을 봐버린 건 아닐까? 이것보다 더 멋진 것이 세상에 이제 없으면 어쩌지? 하지만 금세 생각이 정리된다. 가본 곳보다 가보지 못한 곳이 훨씬 더 많은걸.

살짝 늘어지는 여행 막바지에 만난 최고의 감동에 기분이 쫀쫀해졌다.

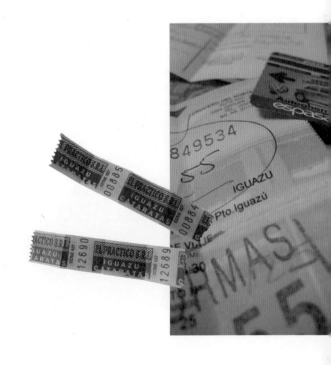

아르헨티나 떠나는 길

　　　　　　　　　　　스페인으로부터 독립하면서 아르헨티나는 스페인에 대한 적대감 때문에 스페인어 대신 라틴어로 '은'이라는 뜻의 '아르겐툼 Argentum'에서 나라 이름을 따왔다. 스페인군이 아르헨티나에 은 대신 금이 많았을 거라고 생각했다면 이 나라 이름은 아마도 금이라는 뜻의 아우룸 Aurum 에서 유래한 다른 이름을 가졌을 텐데. 아르헨티나에 정복자들이 생각했던 것만큼 은이 많지는 않았지만 현재 아르헨티나에는 다른 형태의 은이 넘쳐난다. 탱고가 은이고, 와인이 은이며, 만년설과 빙하 또한 은이고, 풍부한 쇠고기와 이구아수 폭포 역시도 은이다. 그리고 땅속엔 석유라는 은도 있다.

　없는 게 없는 나라. 누군가는 이만큼 갖고도 이 정도로밖에 살지 못하는 것이 의문이라고 했지만 나는 믿는다. 예전에 그 어느 나라보다 잘살았다던 아르헨티나는 현재 잊힌 여배우지만 언젠가는 화려한 은막의 여주인공으로 반짝반짝 멋지게 컴백하는 날이 올 것이라고.

　천혜의 자연과 여유롭고 밝은 사람들이 사는 땅, 아르헨티나는 충분히 그럴 자격이 있다.

여행자, 일상으로 돌아오다

　브라질 여행을 마저 하고, 영국과 홍콩을 거쳐 한국으로 돌아와 주변 정리를 하고 났더니 나는 어느새 서른 살이 되어 있었다.

　목적이 있었던 여행이 아니었으니 여행이 끝나면 그저 조용히 제 자리로 돌아오면 되는 아주 쉬운 결론이다.

　스페인의 평화로운 하늘보다
　크로아티아의 신비로운 플리트비체보다
　이집트의 속이 훤히 보이는 아름다운 홍해보다
　아르헨티나의 끝장나게 멋진 이구아수보다
　더 행복한 나의 피사체, 당신들이 있는 곳으로 말이다.

　지우개가 달린 노란 연필로 꾹꾹 눌러 쓴 것처럼 가슴에 내 여행을 새기고 또 새기며,
　레알남미 끝.

Real Sudamerica

레알 남미

개정판 1쇄   2014년 12월 19일

지은이   이미혜
펴낸이   김영재
펴낸곳   책만드는집

주소   서울 마포구 양화로3길 99 4층 (121-887)
전화   3142-1585 · 6
팩시밀리   336-8908
전자우편   chaekjip@naver.com
등록   1994년 1월 13일 제10-927호
© 이미혜, 2014

ISBN 978-89-7944-506-0 (03810)